श्रीः

पौरोहित्य-कर्मपद्धति

पं० रामदास त्रिपाठी

मोतीलाल बनारसीदास

दिल्ली, मुम्बई, चेन्नई, कोलकाता, बंगलौर,
वाराणसी, पुणे, पटना

पुनर्मुद्रण: दिल्ली, १९८२, १९९१, १९९५, २००१, २००८
प्रथम संस्करण, वाराणसी: १९७७

ISBN: 978-81-208-2467-6

मोतीलाल बनारसीदास
४१ यू०ए० बंगलो रोड, जवाहर नगर, दिल्ली ११० ००७
८ महालक्ष्मी चैम्बर, २२ भुलाभाई देसाई रोड, मुम्बई ४०० ०२६
२३६ नाइंथ मेन III ब्लाक, जयनगर, बंगलौर ५६० ०११
सनाज प्लाजा, १३०२ बाजीराव रोड, पुणे ४११ ००२
२०३ रायपेट्टा हाई रोड, मैलापुर, चेन्नई ६०० ००४
८ केमेक स्ट्रीट, कोलकाता ७०० ०१७
अशोक राजपथ, पटना ८०० ००४
चौक, वाराणसी २२१ ००१

नरेन्द्रप्रकाश जैन, मोतीलाल बनारसीदास, बंगलो रोड, दिल्ली ११० ००७
द्वारा प्रकाशित तथा जैनेन्द्रप्रकाश जैन, श्री जैनेन्द्र प्रेस,
ए-४५ नारायणा, फेज-१, नई दिल्ली ११० ०२८ द्वारा मुद्रित

परमपूज्यपितामह श्री पं० नन्दकुमार त्रिपाठीजो

एवं

परमपूज्यपिता श्री पं० वंशीधर त्रिपाठीजी

के

चरण कमलों में श्रद्धा के

सुमन

हे मेरे पथ के निर्माता, तुम ही मेरे भाग्य विधाता।
तेरा ही छोटा सा लत्र बन, श्रद्धा के दो सुमन बिछाता॥

विनयावनत—रामदास त्रिपाठी

दो शब्द

मै इधर कुछ दिनों से देख रहा हूँ कि कर्मकाण्ड की अनेक तरह की पद्धतियाँ बाजारों में उपलब्ध हैं । किन्तु उनमें सुलभता एवं समय पर ध्यान नहीं दिया गया है । अतः उन पुरोहितों को असुविधा का सामना करना पड़ता है जिनमें संस्कृत का आंशिक ज्ञान है । उन यजमानों को भी कठिनाई का सामना करना पड़ता है जिनको इस वैज्ञानिक युग में समय का अभाव है ।

समय के परिवर्तन के अनुसार सामाजिक-रीति-रिवाजों स्मृतियों धर्म-शास्त्रों में भी परिवर्तन होता आया है । अतः आधुनिक काल में कर्मकाण्ड में भी परिवर्तन अवश्यम्भावी है । अब समय बहुत आगे बढ़ गया है । समय के अनुसार हमें भी आगे बढ़ना होगा नहीं तो पीछे पड़ जाँयगे ।

पहले के कर्मकाण्ड से आधुनिक काल के कर्मकाण्ड में विशेष अन्तर आ गया है । पहले श्रद्धा और भक्ति की दृष्टि से यजमान कर्मकाण्ड कर पाते थे । किन्तु अब सामाजिकता की दृष्टि से वह कार्य होता है । अतः न यजमानों को उन पुरोहितों के प्रति श्रद्धा है और न पुरोहित को यजमानों के प्रति आस्था है । किन्तु कर्मकाण्ड का कार्य तो किसी न किसी रूप में चल रहा है और चलता रहेगा । अतः इन्हीं परिस्थितियों को लक्ष्य करके मैंने इस सुलभ पद्धति का निर्माण किया है । यदि इस पद्धति से कर्मकाण्डियों को आंशिक भी लाभ हुआ तो मैं अपना परिश्रम सफल समझूंगा ।

हाँ मैं उनको भी नहीं भूलूंगा जिन्होंने इस पद्धति के निर्माण में सहयोग दिया है । विशेष कर पं. धनेश्वर त्रिपाठी कर्मकाण्डी चौक शिकारपुर पटना सिटी का अत्यन्त आभारी हूँ । जिन्होंने इस पद्धति का संशोधन किया और सत्परामर्श दिया ।

अन्त में त्रुटि के लिए क्षमा प्रार्थी:—

पं. रामदास त्रिपाठी

अथ पंचदेवता-पूजापद्धति

(१) पूजा करने के समय कर्मपात्र (पूजा करने वाला पात्र) बायों ओर रखना चाहिए—

भोजने तु यदा वामे पूजाकाले तु दक्षिणे ।
तज्जलं मदिरातुल्यं अन्नं गोमांसभक्षणम् ॥

(२) पक्वान्न बायीं ओर और फल दाहिनी ओर रखे।

(३) पत्र, पुष्प, फल को नीचे मुख करके नहीं चढ़ावें। वे जैसे पेड़ में रहते हैं वैसे ही चढ़ावें किन्तु बिल्वपत्र उलटकर चढ़ाना चाहिए—

पत्रं वा यदि वा पुष्पं फलं नेष्टमधोमुखम् ।
यथोत्पन्नं तथा देयं बिल्वपत्रमधोमुखम् ॥ —आह्निक ।

(४) पूजा करनेवाले अक्षत को तीन बार और पितरों के अक्षत को एक बार धोना चाहिये—

"त्रिर्देवेभ्यः प्रक्षालयेत् सकृत् पितृभ्यः" —आपस्तम्ब ।

(५) नाक्षतैरर्चयेद्विष्णुं न तुलस्या गणाधिपम् ।
न दूर्वया यजेद् दुर्गां बिल्वपत्रैर्न भास्करम् ॥ —आह्निक ।

विष्णु को चावल, गणेश को तुलसी, दुर्गा को दूव, सूर्य्य को बिल्वपत्र नहीं चढ़ावे।

(६) अधोवस्त्रधृतं चैव जलेऽन्तःक्षालितं च यत् ।
देवतास्तन्न गृह्णन्ति पुष्पं निर्माल्यतां गतम् ॥ —आह्निक ।

धोती में रखा हुआ और जल में डुबाया हुआ पुष्प निर्माल्य हो जाता है। इसलिये देवता उसे ग्रहण नहीं करते हैं।

(७) शिवे विवर्जयेत्कुन्दमुन्मत्तं च तथा हरौ ।
देवीनामर्कमन्दारौ सूर्यस्य तगरं तथा ॥

शिवजी को कुन्द, विष्णु को धतूरा, देवी को अकवन या मन्दार, सूर्य्यं को तगर का पुष्प नहीं चढ़ाना चाहिये।

(८) एकां चण्ड्यां रवौ सप्ततिस्रः कुर्यात् विनायके।
चतस्रः विष्णवे कुर्य्यात् शिवस्यार्द्धप्रदक्षिणाम् ॥

देवी को एक और सूर्य को सात तथा गणेश को तीन एवं विष्णु को चार और शिव को आधा बार प्रदक्षिणा करनी चाहिए।

(९) तुलसी दशरात्राणि, पञ्चरात्राणि विल्वजम्।
कमलन्तु त्रिरात्राणि सर्वदा जाह्नवीजलम् ॥

तुलसी दस रोज, विल्वपत्र पाँच रोज, कमल तीन रोज तक और गंगाजल सर्वदा शुद्ध रहता है।

भूमिका

इस पुस्तक का विषय कर्मकाण्ड है। कर्मकाण्ड का विषय बड़ा गहन एवं जटिल है। संस्कृत में कर्मकाण्ड की अनेकानेक पुस्तकें हैं। किन्तु उन पुस्तकों से विद्वानों के द्वारा ही कार्य्य सम्पादन किया जा सकता है। आधुनिक भौतिक युग में यजमान के द्वारा सम्मान न मिलने के कारण विद्वान् लोग भी कर्मकाण्ड को ओर से अपनो अभिरुचि हटाते जा रहे हैं। किन्तु समाज का कार्य तो अभो इसी रूप में चल रहा है। इस परिस्थिति को देखकर मेरा हृदय आन्दोलित हो रहा था कि हो सकता है कि कुछ दिन के बाद यह लुप्त भी हो जाय जो हमारे ऋषिमुनियों की धरोहर है। इसी विचार से मैं बराबर विचार करता रहता था कि एक ऐसी पद्धति बनायी जाय जिसे देखकर कम पढ़े-लिखे लोग भो सुलभता से कर्मकाण्ड करा सकें। इसके विषय में श्री धनेश्वरजी त्रिपाठी कर्मकाण्डी पटना सिटी, चौक सिकारपुर की अमूल्य सम्मतियाँ भी प्राप्त हुई हैं जिनके लिए मैं कृतज्ञ हूँ।

सबसे बड़ी बात तो यह है कि यह युग अर्थ का युग है। आप लेखक हैं, विद्वान भी हैं। यदि आपको लिखो पुस्तकें प्रकाशित नहीं हुई तो जनसमाज का उनसे कल्याण नहीं हो सकता है। सरस्वतो के वरदपुत्र के यहाँ लक्ष्मो कहाँ ? अतः लक्ष्मी का आश्रय नितान्त आवश्यक था।

जब समय अच्छा होता है और शबरो के समान भक्त होता है तो भगवान मिल हो जाते हैं। क्योंकि यह वाक्य गलत नहीं है कि "जिन ढूँढ़ा तिन पाइयाँ गहरे पानी पैठ" बस क्या था, मेरो आँखों के समाने परमपूजनोय गोस्वामी श्री मधुसूदन शरण रामजो, राजीपुर महन्त की सौम्यमूर्ति सामने आ गयो और मेरा मन उतना हो आनन्दविभोर हो गया जितना किसो दरिद्र का साने का ढेर मिल जाने पर होता है। मैंने अपने

हृदयगत भावों को उनके सम्मुख प्रकट किया और उन्होंने बिना ननु, नच के सहर्ष स्वीकार कर लिया। मैंने धनवानों के अपव्यय की कहानियाँ सुनी हैं और देखी भी हैं। किन्तु इन्होंने छोटी-सी उम्र में अपने धन का जैसा सदुपयोग किया है वह उदाहरण का विषय है। इन्होंने जीर्ण-शीर्ण मठों एवं अनेक मन्दिरो का उद्धार किया; इसके अतिरिक्त इनके धन के सदुपयोग के प्रमाणस्वरूप मशोढ़ा हाईस्कूल, धानामठ संस्कृतविद्यालय एवं विक्रम में मधुसूदनकालेज साक्षात् विराजमान हैं। इनमें सबसे बड़ी विशेषता यह है कि इनके सम्मुख कोई भी जाता है तो निराश नहीं लौटता है।

यह विषय गम्भीर है। हो सकता है कि इसमें कुछ त्रुटियाँ रह गयी हों क्योंकि मानवमात्र अपूर्ण हैं तो उनकी कृतियाँ कैसे पूर्ण हो सकती हैं। अतः सज्जनों का काम है कि त्रुटियों के विषय में अठखेलियाँ न कर सम्मतियाँ देकर अनुगृहीत करें यही मेरी अभिलाषा है।

गुणगृह्या वचने विपश्चितः।

—लेखक

अथ पूजा-प्रारम्भः

यजमान स्नान कर नवीन या शुद्ध वस्त्र धारण करके पूजा के स्थान पर आकर पूरब की ओर मुखकर खड़ा हो जाय। आचार्य यजमान के बैठने वाले आसन पर अक्षत छींटें।

मन्त्रः

मंगलं भगवान् विष्णुः, मंगलं गरुड़ध्वजः।
मंगलं पुण्डरीकाक्षः, मंगलायतनो हरिः॥ १॥

यजमान आसन पर बैठ जाय तब यज्ञोपवीत देकर मन्त्र पढ़े—

"यज्ञोपवीतं परमं पवित्रं प्रजापतेर्यत्सहजं पुरस्तात् आयुष्यमग्रं प्रतिमुञ्च शुभ्रं यज्ञोपवीतं बलमस्तु तेजः।"

हाथ में, आचार्य फूल अक्षत देकर मन्त्र पढ़े—

"गंगे च यमुने चैव गोदावरि सरस्वति
नर्मदे सिन्धुकावेरि जलेऽस्मिन् सन्निधिं कुरु॥"

यह कहकर पूजा करनेवाले जलपात्र में डाल दे।

पवित्री धारण

"पवित्रे स्थो वैष्णव्यो सवितुर्वः प्रसव उत्पुनाम्यच्छिद्रेण पवित्रेण सूर्यस्य रश्मिभिः तस्य ते पवित्रपते पवित्रपूतस्य यत्कामः पुने तच्छकेयम्।"

मस्तक पर जल छींटें

ॐ अपवित्रः पवित्रो वा सर्वावस्थां गतोऽपि वा।
यः स्मरेत्पुण्डरीकाक्षं स बाह्याभ्यन्तरः शुचिः॥

शिख बन्धन (टीक बांधना)

ब्रह्मवाक्यसहस्राणि शिववाक्यशतानि च।
विष्णुस्मरण-मात्रेण शिखाबंधं करोम्यहम्॥

चन्दन

गन्धद्वारां दुराधर्षां नित्यपुष्टां करीषिणीम् ।
ईश्वरीं सर्वभूतानां तामिहोपह्वये श्रियम् ॥

गायत्री या रामनाम का नव बार जप

गायत्रीमन्त्र—ॐ भूर्भुवः स्वः तत्सवितुर्वरेण्यं
भर्गो देवस्य धीमहि धियो यो नः प्रचोदयात् ॥

बायें हाथ में अक्षत और सरसों लेकर दाहिने हाथ से पूरब, दक्षिण, पश्चिम, उत्तर आकाश और पृथ्वी पर छीटें ।

मन्त्रः—अपसर्पन्तु ते भूता ये भूता भूमिसंस्थिताः ।
ये भूता विघ्नकर्तारः ते नश्यन्तु शिवाज्ञया ॥
"ॐ पूर्वे रक्षतु वाराहः आग्नेय्यां गरुड़ध्वजः ।
दक्षिणे पद्मनाभस्तु नैर्ऋत्यां मधुसूदनः ॥
पश्चिमे चैव गोविन्दो वायव्यां तु जनार्दनः ।
उत्तरे श्रीपतिः रक्षेदीशान्यां हि महेश्वरः ॥
ऊर्ध्वं रक्षतु धाता वो ह्यधोऽनन्तश्च रक्षतु ।
अनुक्तमपि यत्स्थानं रक्षेदीशो ममाद्रिधृक् ॥"

सभी दिशाओं में अक्षत छीट दें—

फिर—बायें हाथ में जल लेकर दाहिने हाथ से जल दूर फेंक दें और मन्त्र बोलें—यत्पुण्यं तदग्रे अस्तु ।

हाथ में फूल अक्षत जल लेकर स्वस्ति वाचन करें—

ॐ स्वस्ति न इन्द्रो वृद्धश्रवाः स्वस्ति नः पूषा विश्ववेदाः ।
स्वस्ति नस्तार्क्ष्यो अरिष्टनेमिः स्वस्ति नो वृहस्पतिर्दधातु ॥१॥
पृषदश्वा मरुतः पृश्निमातरः शुभं यावानो ब्विदथेषु जग्मयः ।
अग्निर्जिह्वामनवः सूरचक्षसो व्विश्वे नो देवाऽअवसागमन्निह ॥२॥
भद्रं कर्णेभिः शृणुयाम देवा भद्रं पश्येमाक्षभिर्यजत्राः ।
स्थिरैरंगैस्तुष्टुवांसस्तनूभिर्व्यशेमहि देवहितं यदायुः ॥३॥

शतमिन्नु शरदोऽअन्ति देवा यत्रानश्चक्रा जरसन्तनूनाम् ।
पुत्रासो यत्र पितरो भवन्ति मानोमध्यारीरिषतायुर्गन्तोः ॥४॥
अदितिर्द्यौरदितिरन्तरिक्षमदितिर्माता स पिता स पुत्रः ।
विश्वेदेवा अदितिः पञ्चजनाऽअदितिर्जातमदितिर्जनित्वम् ॥५॥
दीर्घायुत्वाय बलाय वर्चसे सुप्रजायस्त्वाय सहसा ।
अथोजीव शरदश्शतम् ॥ ६ ॥

ॐ द्यौःशान्तिरन्तरिक्ष ँ शान्तिः पृथवी शान्तिरापः शान्तिरोषधयः शान्तिः । वनस्पतयः शान्तिर्विश्वेदेवाः शान्तिर्ब्रह्मशान्तिः सर्वं ँ शान्तिः शान्तिरेव शान्तिः सा मा शान्तिरेधि ॥

सुशान्ति र्भवतु । अयमारम्भः शुभाय भवतु ।

हाथ में अक्षत, जल, फूल, कसैली पैसा लेकर प्रतिज्ञासंकल्पः—

ॐविष्णुर्विष्णुर्विष्णुः ॐनमः परमात्मने श्रीपुराणपुरुषोत्तमाय श्रीपरमेश्वराज्ञया अद्य ब्रह्मणो द्वितीयपरार्द्धे श्रीश्वेतवाराहकल्पे वैवस्वतमन्वन्तरे अष्टाविंशतितमे कलियुगे प्रथमचरणे जम्बूद्वीपे भारतवर्षे भरतखण्डे आर्यावर्तान्तिर्गतब्रह्मावर्तैकदेशे महाश्मशाने आनन्दवने गौरीमुखे त्रिकंटकविराजिते विक्रमर्द्धे बौद्धावतारे वर्त्तमाने यथानाम संवत्सरे अमुकायने महामांगल्यप्रदे मासानां मासोत्तमे मासे अमुकमासे अमुकपक्षे अमुकतिथौ अमुकवासरे अमुकराशिस्थिते सूर्ये अमुकराशिस्थितेषु ग्रहेषु शुभयोगे शुभकरणे एवं गुणविशेषणविशिष्टायां शुभपुण्यतिथौ सकलश्रुतिस्मृतिपुराणोक्तफलप्राप्तिकामः अमुकगोत्रोत्पन्नः अमुकशर्माहं ममात्मनः सपुत्रबान्धवस्य ग्रहकृतराजकृतसर्वविधपीडानिवृत्तिपूर्वक नैरुज्यदीर्घायुःपुष्टिधनधान्यसमृद्धयर्थं गौरीगणपत्यादिपूजनं करिष्ये ।

कलशपूजन

जहाँ कलश रखा जायगा वहाँ अष्टदल कमल बनाकर और उस पर सप्तधान्य—चावल, जव, उरद, गेहूँ, कौनी, तिल, चना रख कर उस पर कलश स्थापन करें ।

भूमिस्पर्श—ॐ भूरसि भूमिरस्यदितिरसि विश्वधाया विश्वस्य भुवनस्य धर्त्री। पृथवीं यच्छ पृथवीᳬदृंह पृथिवीं मा हिᳬसीः। यह कहकर भूमि का स्पर्श करें।

धान्य का स्पर्श—ॐ धान्यमसि धिनुहि देवान्प्राणायत्वोदानाय त्वा। दीर्घामनुप्रसीतिमायुषे धान्यदेवो वः सविता हिरण्यपाणिः प्रतिगृभ्णात्वच्छिद्रेण पाणिना चक्षुसे त्वा महीनाम्पयोसि। कलश के नीचे रखे धान्य का स्पर्श करे।

कलशस्पर्शः—ॐ आजिघ्र कलशं मह्या त्वा विशन्त्विन्दवः। पुनरूर्जा निवर्तस्व सा नः। सहस्रं धुक्ष्वोरुधारा पयस्वती पुनर्म्मा विशताद्रयिः। कलश का स्पर्श करें।

कलश में जल—ॐवरुणस्योत्तम्भनमसि वरुणस्य स्कम्भ सर्जनीस्थो वरुणस्य ऋतसदन्यसि वरुणस्य ऋतसदनमसि वरुणस्य ऋतसदनमासीद्।

कलश में गन्ध (चन्दन)—ॐ गन्धद्वारां दुराधर्षां नित्यपुष्टाङ्कराषिणीम्। ईश्वरीं सर्वभूतानां तामिहोपह्वये श्रियम्। कलश मे चन्दन दे।

कलश में सर्वौषधि—(मौलसरी, जटामासी, हल्दी, आमाहल्दो. वालछड़, लालचन्दन, बच, सतावर, चंपा।) ॐ या ओषधीः पूर्वा जाता देवेभ्यस्त्रियुगं पुरा। मुनैन बभ्रूणामहᳬशतन्धामानि सप्त च॥ कलश में सर्वौषधि दे। यदि सर्वौषधि न हो तो अक्षत दें।

कलश में दूर्वा (दूब)—ॐ काण्डात्काण्डात्प्ररोहन्ती परुषः परुषस्परि। एवानो दूर्वे प्रतनु सहस्रेण शतेन च। कलश में दूब दें।

कलश में सप्तमृत्तिका (सात स्थानों की मिट्टी) घोड़सार, हथिसार, राजस्थान, चौराहा, गंगा की मिट्टी, गोशाला, संगम यदि यह न हो तो अक्षत दे दें—ॐ स्योना पृथिवि नो भवानृक्षरानिवेशनी। यच्छानः शर्मसप्रथाः॥ कलश में सप्तमृत्तिका या अक्षत दे।

कलश में पूगीफल (कसैली)—ॐ याः फलिनीर्या अफला अपुष्पा याश्च पुष्पिणीः। बृहस्पतिप्रसूतास्ता नो मुञ्चन्त्वᳬहसः॥ कलश में कसैली डाल दे।

कलश में पञ्चरत्न (हीरा, मोती, पोखराज, नीलम, गोमेद या लाजवर्त) :– ॐ परिवाजपतिः कविरग्निर्हव्यान्यक्रमीत्। दधद्रत्नानि दाशुषे। कलश में पञ्चरत्न दें।

कलश में द्रव्य—ॐ हिरण्यगर्भः समवर्तताग्रे भूतस्य जातः पतिरेक आसीत्। स दाधार पृथिवीं द्यामुतेमाङ्कस्मै देवाय हविषा विधेम॥ कलश में द्रव्य दें।

कलश में पञ्चपल्लव—(आम, पिप्पल, गुल्लर, बर, पाकर)—ॐ अश्वत्थे वोनिषदनं पर्णे वो वसतिष्कृताः। गोभाजः इत्किलासथ यत्सनवथ पूरुषम्॥

ॐ अम्बेऽ अम्बिकेऽ अम्बालिके न मानयति कश्चन।
ससस्त्यश्वकः सुभद्रिकां काम्पीलवासिनीम्॥

कलश के गले में लाल वस्त्र बांधना—ॐ वसोः पवित्रमसि शतधारं वसोः पवित्रमसि सहस्रधारम्। देवस्त्वा सविता पुनातु वसोः पवित्रेण शतधारेण सुप्वाकामधुक्षः॥ कलश के गले में वस्त्र बांध दें।

कलश के ऊपर धान या चावल से भरा एक पात्र रखना—ॐ पूर्णादर्बिपरापत सुपूर्णा पुनरापत। वस्नेव विक्रीणावहा इषमूर्जं शतक्रतो॥ पात्र कलश पर रखें।

एक नारियल को लाल कपड़े से लपेटकर कलश के ऊपर रखे—ॐ श्रीश्च ते लक्ष्मीश्च पत्न्यावहोरात्रे पार्श्वे नक्षत्राणि रूपमश्विनौ व्यात्तम्। इष्णन्निषाणा मुम्म इषाण सर्वलोकम्म इषाण॥ नारियल रख दें।

किसी भी गृह्यसूत्र में कलश के ऊपर दीप रखने का विधान नहीं मिलता है। इसलिए सर्वत्र यही पाया जाता है कि "कलशसमीपे दीपं निदध्यात्" कलश के समीप में एक दीपक जलाकर रात्रि में पूजा हो तो पश्चिम की ओर और दिन में पूजा हो तो पूरब की ओर रख दें। किन्तु कहीं-कहीं पर कलश के ऊपर दीप जलाने की प्रथा है।

दीप चाहे कलश के समीप में रखें या ऊपर रखे, मन्त्र—ॐ अग्नि-

ज्योतिर्ज्योतिरग्निः स्वाहा सूर्य्यो ज्योतिर्ज्योतिः सूर्य्यः स्वाहा अग्निर्वर्च्चो ज्योतिर्वर्चः स्वाहा सूर्य्यो वर्च्चो ज्योतिर्वर्च्चः स्वाहा। ज्योतिः सूर्य्यः सूर्य्यो ज्योतिः स्वाहा ॥ एक दीपक जलाकर रख दें।

यजमान हाथ में फूल लेकर और हाथ जोड़कर वरुण का आवाहन करे—ॐतत्त्वायामि ब्रह्मणा वन्दमानस्तदाशास्ते यजमानो हविर्भिः। अहेडमानो वरुणेह वोध्युरुश॰समान आयुः प्रमोषीः॥ अस्मिन् कलशे वरुणं सांगं सपरिवारं सायुधं सशक्तिकमावहयामि ॥ ॐभूर्भुवः स्वः भो वरुणदेव इहागच्छ इह तिष्ठ स्थापयामि पूजयामि। फूल कलश पर रखे हुए नारियल पर रख दें।

अक्षत फूल लेकर कलश में सभी देवताओं का आवाहन—सर्वे समुद्राः सरितस्तीर्थानि जलदा नदाः। आयान्तु मम पूजार्थं दुरितक्षयकारकाः। कलशस्य मुखे विष्णुः कंठे रुद्राः समाश्रिताः। मूले तस्य स्थितो ब्रह्मा मध्ये मातृगणाःस्मृताः। कुक्षौ च सागरा सर्वे सप्तद्वीपा वसुन्धरा। ऋग्वेदोऽथ यजुर्वेदः सामवेदो ह्यथर्वणः। अङ्गैश्च सहिताः सर्वे कलशं तु समाश्रिताः॥ अक्षत और फूल कलश पर रख दें।

वरुणदेव को प्रतिष्ठा (अक्षत-फूल लेकर)—ॐ मनोजूतिर्जुषतामाज्यस्य वृहस्पतिर्यज्ञमिमं तनोत्वरिष्टम् यज्ञ॰ समिमं दधातु। विश्वेदेवा स इहमादयन्तामोम् प्रतिष्ठ। कलशे वरुणाद्यावाहिता देवताः सुप्रतिष्ठिताः वरदाः भवन्तु।

कलश पर रखे नारियल पर चार बार जल छोड़ें--पाद्यम्, अर्घ्यम्, आचमनीयम्, स्नानीयं समर्पयामि श्री वरुणाद्यावाहितदेवताभ्यो नमः।

अनुलेपनम् (अइपन)—इदमनुलेपनमनुलेपयामि श्री वरुणाद्यावाहितदेवताभ्यो नमः।

पुनः जल से स्नान—शुद्धोदकं स्नानीयं समर्पयामि श्री वरुणाद्यावाहितदेवताभ्यो नमः।

चन्दन—चन्दनं समर्पयामि श्री वरुणाद्यावाहितदेवताभ्यो नमः।

फूल--पुष्पं समर्पयामि श्री वरुणाद्यावाहितदेवताभ्यो नमः। मन्त्र–मल्लिकादिसुगन्धीनि मालत्यादीनि वै प्रभो। पुष्पं गृहाण देवेश मम सौख्यं विवर्धय।

धूप—धूपं समर्पयामि श्री वरुणाद्यावाहितदेवताभ्यो नमः। मन्त्र—वनस्पतिरसोद्भूतः गन्धाढ्यः गन्ध उत्तमः। आघ्रेयः सर्वदेवानां धूपोऽयं प्रतिगृह्यताम्।

दीप—दीपं दर्शयामि श्री वरुणाद्यावाहितदेवताभ्यो नमः।

नैवेद्य—नैवेद्यं समर्पयामि श्री वरुणाद्यावाहितदेवताभ्यो नमः।

आचमन (जल गिराकर)—आचमनीयं समर्पयामि श्री वरुणाद्यावाहितदेवताभ्यो नमः।

पान और द्रव्य –ताम्बूलं द्रव्यदक्षिणां च समर्पयामि श्री वरुणाद्यावाहितदेवताभ्यो नमः।

प्रार्थना—देवदानवसम्वादे मथ्यमाने महोदधौ। उत्पन्नोसि यदा कुम्भ विधृतो विष्णुना स्वयम्। त्वत्तोये सर्वतीर्थानि देवाः सर्वे त्वयि स्थिताः। त्वयि तिष्ठन्ति भूतानि त्वयि प्राणाः प्रतिष्ठिताः। त्वत्प्रसादादिमां पूजां कर्तुमीहे जलोद्भव। अनया पूजया वरुणाद्यावाहितदेवताः प्रीयन्तां नमः। प्रणाम करें।

गौरीगणपतिपूजन

प्रायः देखा जाता है कि गौरी और गणेश दोनों की प्रतिमा गोबर से लोग बनाते हैं। किन्तु गृह्यसूत्रों से पता चलता है कि "गोमयी गौरी फलमयो गणेशः" अर्थात् गोबर की गौरी और फल के रूप में गणेश। गोबर की एक गौरी और एक सुपारी को रोरी में लपेट कर आंटा या रोरी से स्वस्तिका बनाकर उसी स्वस्तिका पर एक आसन देकर रखें। स्वस्तिका का चिह्न—卐

हाथ में अक्षतफूल लेकर—गणानां त्वा गणपतिꣳ हवामहे प्रियाणां त्वा प्रियपतिꣳ हवामहे निधीनां त्वा निधिपतिꣳ हवामहे व्वसो मम

आहमजानि गर्भवमात्वमजासि गर्भधम् । ॐ अम्बेऽअम्बिके अम्बालिके न मानयति कश्चन । ससस्त्यश्वकः सुभद्रिकां काम्पीलवासिनीम् । गौरोमावाहयामि गणपतिमावाहयामि ।

प्रतिष्ठा—ॐ मनोजूतिर्जुषतामाज्यस्य बृहस्पतिर्यज्ञमिमं तनोत्वरिष्टम् यज्ञ९ समिमं दधातु । विश्वेदेवास इह मादयन्तामोम् प्रतिष्ठ । गौरीं प्रतिष्ठापयामि गणपतिं प्रतिष्ठापयामि ।

पाद्य (जल)—पाद्यं समर्पयामि श्रीगौर्यै नमः । गणपतये नमः ।

अर्घ्य, आचमनीय—अर्घ्यम् आचमनीयं च समर्पयामि श्रीगौर्यै नमः । गणपतये नमः । दो बार जल गिरावें ।

स्नान—स्नानीयं जलं समर्पयामि श्री गौर्यै नमः गणपतये नमः । जल से स्नान कराये ।

अनुलेपन (अइपन)—इदमनुलेपनमनुलेपयामि श्री गौर्यै नमः गणपतये नमः ।

फिर जल से स्नान—शुद्धोदकं समर्पयामि श्री गौर्यै नमः गणपतये नमः ।

वस्त्र और यज्ञोपवीत—इमे वस्त्रयज्ञोपवीते च समर्पयामि श्री गौर्यै नमः गणपतये नमः । वस्त्र यज्ञोपवीत के अभाव में फूल अक्षत चढ़ा दें ।

गणेश पर चन्दन—ॐ गन्धद्वारां दुराधर्षां नित्यपुष्टां करीषिणीम् । ईश्वरीं सर्वभूतानां तामिहोपह्वये श्रियम् । चन्दनं समर्पयामि श्री गणपतये नमः ।

गौरी पर सिन्दूर—सिन्दूरं समर्पयामि श्री गौर्यै नमः । यदि यजमान पत्नीसहित हो तो सिन्दूर पत्नी के द्वारा चढ़वाना चाहिये ।

दूब—ॐ काण्डात्काण्डात्प्ररोहन्ती परुषः परुषस्परि । एवानो दूर्वे प्रतनु सहस्रेण शतेन च । दूब चढ़ा दें ।

अक्षत—अक्षतान् समर्पयामि श्री गौर्यै नमः गणपतये नमः ।

फूल—मल्लिकादि सुगन्धीनि मालत्यादीनि वै प्रभो। पुष्पं गृहाण देवेश मम सौख्यं विवर्धय॥ पुष्पं समर्पयामि श्री गौर्यै नमः गणपतये नमः।

धूप—ॐ धूरसि धूर्वंतं योस्मान् धूर्वति तं धूर्वयं धूर्वामः। देवानामसि वह्नितम ᳚ सस्नितमम्पप्रितमं जुष्टतमं देवहूतमम्। धूपमाघ्रापयामि श्रीगौर्यै नमः गणपतये नमः।

दीप—अग्निज्ज्योतिर्ज्योतिरग्निः स्वाहा। सूर्य्यो ज्योतिज्ज्योतिः सूर्य्यः स्वाहा। अग्निर्वर्च्चो ज्योतिर्वर्च्चः स्वाहा। सूर्य्यो वर्च्चो ज्योतिर्वर्च्चः स्वाहा। ज्योतिः सूर्य्यः सूर्य्यो ज्योतिः स्वाहा। दीपक जलाकर रख दें।

नैवेद्य—शर्कराघृतसंयुक्तं मधुरं स्वादु चोत्तमम्। उपाहारसमायुक्तं नैवेद्यं प्रतिगृह्यताम्। पक्वान्न या लड्डू या गुड़ एक पत्ता पर रख दे।

आचमनीय—गंगाजलं समानीतम् सुवर्णकलशे स्थितम्। आचम्यतां सुरश्रेष्ठ शुद्धमाचमनीयकम्। आचमनीयं समर्पयामि श्री गौर्यै नमः। गणपतये नमः।

पान-कसैली—पूगीफलं महद्दिव्यं नागवल्लीदलैर्युतम्। एलाचूर्णादि संयुक्तं ताम्बूलं प्रतिगृह्यताम्। ताम्बूलं च पूगीफलं समर्पयामि श्री गौर्यै नमः। गणपतये नमः।

द्रव्यदक्षिणा—हिरण्यगर्भगर्भस्थं हेमबीजं विभावसोः। अनन्त पुण्यफलदमतः शान्ति प्रयच्छ मे। द्रव्यं समर्पयामि श्री गौर्यै नमः। गणपतये नमः।

पुष्पाञ्जलि (हाथ में फूल लेकर)—नाना सुगन्धिपुष्पाणि यथाकालोद्भवानि च। पुष्पाञ्जलिर्मया दत्तो गृह्यतां परमेश्वर। पुष्पाञ्जलि समर्पयामि श्री गौर्यै नमः गणपतये नमः। हाथ का फूल चढ़ा दे।

प्रार्थना (दोनों हाथ जोड़कर)—रक्ष रक्ष गणाध्यक्ष रक्ष त्रैलोक्य रक्षक। भक्तानामभयंकर्त्ता त्राता भव भवार्णवात्। अनया पूजया गौरी गणपतिश्चप्रीयेताम्।

अथ नवग्रह पूजा

नवग्रह वेदी

बुध हरा	शुक्र उजला	चन्द्र उजला
गुरु पीला	सूर्य्य लाल	मंगल लाल
केतु काला	शनि काला	राहु काला

यदि वेदी बनी हो तो पहले सूर्य, चन्द्र, मंगल, बुध, बृहस्पति, शुक्र, शनि, राहु, केतु इसी क्रम से पूजा करनी चाहिए। सभी ग्रहों का मन्त्र अलग-अलग नीचे दिया जा रहा है। यदि वेदी न हो तो एक पान या आम का पत्ता रख कर पूजन करें।

आवाहन—ब्रह्मा मुरारिस्त्रिपुरान्तकारी भानुः शशी भूमिसुतो बुधश्च। गुरुश्च शुक्रः शनिराहुकेतवः सर्वे ग्रहाः शान्तिकरा भवन्तु। श्रीसूर्यादिनवग्रहदेवान् आवाहयामि पूजयामि भोसूर्यादिनवग्रहदेवा इहागच्छत इहतिष्ठत ममपूजां गृह्णत।

पाद्य अर्घ्य आचमनीय स्नानीय (चार बार जल गिरावें)—एतत् पाद्यम् अर्घ्यम् आचमनीयं स्नानीयं समर्पयामि श्रीसूर्यादि नवग्रहदेवेभ्यो नमः।

अनुलेपन (अइपन)—इदमनुलेपनं विलेपयामि श्रीसूर्यादि नवग्रहदेवेभ्यो नमः।

फिर जलस्नान—शुद्धोदकं स्नानीयं समर्पयामि श्रीसूर्यादि नवग्रहदेवेभ्यो नमः।

चन्दन—चन्दनं समपर्यामि श्रीसूर्य्यादि नवग्रहदेवेभ्यो नमः। चन्दन चढ़ावें।

फूल—पुष्पं समर्पयामि श्रीसूर्यादि नवग्रहदेवेभ्यो नमः।

दीप—दीपं दर्शयामि श्रीसूर्यादि नवग्रहदेवेभ्यो नमः।

धूप—धूपमाघ्रापयामि श्रीसूर्यादि नवग्रहदेवेभ्यो नमः।

नैवेद्य— नाभ्या आसीदन्तरिक्षꣳशीर्ष्णो द्यौः समवर्तत। पद्भ्यां भूमिर्दिशः श्रोत्रात्तथा लोकां अकल्पयन्। नैवेद्यं निवेदयामि श्रीनवग्रहदेवेभ्यो नमः। एक पत्ते पर नैवेद्य चढ़ावे।

आचमनीय—नैवेद्यान्ते आचमनीयं समर्पयामि श्रीनवग्रहदेवेभ्यो नमः। जल गिरावे।

पान, कसैली, द्रव्य—ताम्बूलं पूगीफलं द्रव्यदक्षिणां च समर्पयामि श्रीनवग्रहदेवेभ्यो नमः। पान कसैली और पैसा चढ़ावें।

हाथ जोड़कर प्रार्थना—एभिः गन्धपुष्पधूपदीपनैवेद्यताम्बूलपूगीफलादिभिःपूजिताः सूर्यादिनवग्रहदेवाः प्रीयन्तां न मम।

नवग्रहों का मन्त्र

वेदी के बीच में लालवर्ण गोलाकार सूर्य—आकृष्णेन रजसा वर्तमानो निवेशयन्नमृतम्मर्त्यञ्च। हिरण्मयेन सविता रथेना देवो याति भुवनानि पश्यन्॥ ॐभूर्भुवःस्वः सूर्य इहागच्छ इहतिष्ठ। सूर्याय नमः।

वेदी के अग्निकोण में अर्द्धचन्द्राकारश्वेतवर्ण चन्द्र—ॐ इमंदेवा असपत्नꣳसुवध्वम्महते क्षत्राय महते ज्यैष्ठाय महते जानराज्यायेन्द्रस्येन्द्राय। इमममुष्य पुत्रममुष्यै पुत्रमस्यै विश एष वोऽमी राजा सोमोऽस्माकं ब्राह्मणानाꣳराजा। ॐभूर्भुवःस्वः चन्द्र इहागच्छ इहतिष्ठ। चन्द्राय नमः।

वेदीके दक्षिण में त्रिकोण लाल मंगल—ॐअग्निर्मूर्द्धा दिवःककुत्पतिः पृथिव्या अयम्। अपाꣳरेताꣳसि जिन्वति। ॐ भूर्भुवः स्वः भौम इहागच्छ इहतिष्ठ। भौमाय नमः।

वेदी के ईशान कोण में हरा धनुषाकार बुध—ॐ उद्बुध्यस्वाग्ने प्रतिजागृहि त्वमिष्टापूर्ते सꣳसृजेथामयंच। अस्मिन्त्सधस्थे अध्युत्तरस्मिन् विश्वेदेवा यजमानश्च सीदत। ॐभूर्भुवः स्वः बुध इहागच्छ इहतिष्ठ। बुधाय नमः।

वेदो के उत्तर में अष्टदल पीला वर्ण बृहस्पति—ॐबृहस्पते अ तयदर्यो अर्हाद्युमद्विभाति क्रतुमज्जनेषु । यद्दीदयच्छवस ऋतप्रजात तदस्मासु द्रविणं घेहि चित्रम् । ॐभूर्भुवःस्वः बृहस्पते इहागच्छ इहतिष्ठ । बृहस्पतयेनमः ।

वेदी के पूर्व में पञ्चकोणश्वेतवर्ण शुक्र—ॐअन्नात्परिश्रुतो रसं ब्रह्मणा व्यपिबत्क्षत्रं पयः सोमं प्रजापतिः । ऋतेन सत्यमिन्द्रियं विपान॰ शुक्रमन्धस इन्द्रस्येन्द्रियमिदं पयोमृतं मधु । ॐभूर्भुवःस्वः शुक्र इहागच्छ इहतिष्ठ । शुक्राय नमः ।

वेदी के पश्चिम में मनुष्याकृति काला शनि—ॐ शन्नोदेवीरभिष्टये आपो भवन्तु पीतये । शंनोरभि स्रवन्तु नः । ॐ भूर्भुवःस्वः शनैश्चर इहागच्छ इहतिष्ठ शनैश्चराय नमः ।

वेदी के नैर्ऋत्य कोण में मकराकृति काला राहु—ॐकयानश्चित्र आभुवदूती सदावृधः सखा । कयाशचिष्ठया वृता । ॐ भूर्भुवःस्वः राहो इहागच्छ इहतिष्ठ । राहवे नमः ।

वेदी के वायव्यकोण में ध्वजाकृति काला केतु—ॐकेतुं कृण्वन्न केतवे पेशोमर्य्या अपेषसे । समुषद्भिरजायथाः । ॐ भूर्भुवःस्वः केतो इहागच्छ इहतिष्ठ । केतवे नमः ।

पञ्चलोकपाल

पञ्चलोकपाल की पूजा (हाथ में अक्षत, फूल लेकर आवाहन)—पञ्चलोकपालदेवान् आवाहयामि स्थापयामि पूजयामि । भो पञ्चलोकपालदेवा इहागच्छत इहतिष्ठत मदीयां पूजां गृह्णीत श्रीपञ्चलोकपालदेवेभ्यो नमः । एक पत्ता रख कर उसी पर छींट दें ।

पाद्य, अर्घ्यं, आचमनीय, स्नानीय (चार बार जल गिरावे)—पाद्यम् अर्घ्यम् आचमनीयं स्नानीयं समर्पयामि श्रीपञ्चलोकपालदेवेभ्यो नमः ।

अनुलेपन (अइपन)—इदमनुलेपनं विलेपयामि श्रीपञ्चलोकपालदेवेभ्यो नमः ।

श्राद्धप्रकरणम्

(१)

घटका टाँगने की विधि

यजमान स्नान कर जिस कुँवे पर स्नान करे वहीं तिल अक्षत जल लेकर "अद्यामुकगोत्र पितरमुकप्रेत एषः ति तोयाञ्जलिस्ते मयादीयते तवोपतिष्ठताम्" यह कह कर तीन चिल्लु जल गिरा दे। फिर स्नान कर धोती बदलकर एक लोटा जल लेकर पीप्पलके सन्निकट जाय और घट बाँध कर अक्षत जल लेकर "अद्यामुकगोत्र पितरमुक प्रेत एतत् घटजलं मयादीयते तवोपतिष्ठताम्" यह कहकर घट में अक्षत जल डाल दे और बृक्षको तीन बार घूमे और मन्त्र बोले—'मूले ब्रह्मा त्वचि विष्णुः शाखायां चक्रमेव च। पत्रे पत्रे देवताश्च वासुदेव नमोऽस्तुते" यह कह कर अपना घर आवे।

शाम में दीप दान विधि –जिस घर में प्राणी मरे उसी घर से आरम्भ करे और नव रोज तक भीतर से बाहर तक एक-एक दीया बारे या उसी घर में प्रति दिन बारे। बालू बिछाकर या खनकर उसी खाते में बालू बिछाकर 'अद्यामुकगोत्र पितरमुक प्रेत मार्गानुसन्तरण घोर-मिश्रान्धतमः सन्तरणकामः एष दीपस्तेमयादीयते तवोपतिष्ठताम्" फिर-'अन्धकारं महाघोरं रवियंत्र नदृश्यते। तत्रोपकरणार्थाय दीपोऽयं दीयते मया।

(२)

दशगात्र को सामग्री

कपटी, १० अक्षत, दूध, तिल, दीया, रूई, धूना, ऊन, भेंगराज का पत्ता, खस, चन्दन, ८ दोनों, ६६ शरकाकी त्रिकाठी, कुश नया, घी,

फिर जल से स्नान—शुद्धोदकं समर्पयामि श्रीपञ्चलोकपालदेवेभ्यो नमः।

चन्दन—चन्दनं समर्पयामि श्रीपञ्चलोकपालदेवेभ्यो नमः। चन्दन चढ़ावें।

फूल—पुष्पं समर्पयामि श्रीपञ्चलोकपालदेवेभ्यो नमः।

धूप—धूपमाघ्रापयामि श्रीपञ्चलोकपालदेवेभ्यो नमः।

दीप—दीपं दर्शयामि श्रीपञ्चलोकपालदेवेभ्यो नमः।

नैवेद्य—नैवेद्यं निवेदयामि श्रीपञ्चलोकपालदेवेभ्यो नमः। एक पत्ते पर एकान्न या गुड़ या मिश्री रख दें।

आचमनीय (जल गिरावें)—आचमनीयं समर्पयामि श्रीपञ्चलोकपाल-देवेभ्यो नमः।

पान, सुपारी, द्रव्य ताम्बूलं पूगीफलं द्रव्यं च समर्पयामि श्रीपञ्चलोक-पाल देवेभ्यो नमः। पान कसैली और द्रव्य चढ़ावें।

हाथ में अक्षत फूल लेकर प्रार्थना—एभिः गन्धपुष्पधूपदीपनैवेद्यता-म्बूलपूगीफलादिभिः पूजिताः श्रीपञ्चलोकपालदेवाः प्रीयन्तां नमम।

दशदिक्पाल—इन्द्र, अग्नि, यम, निर्ऋति, वरुण, वायु, कुबेर, ईशान, ब्रह्मा, अनन्त। इन्द्र—पूरब में। अग्नि—पूरब दक्षिण के कोन में। यम—दक्षिण में। नैर्ऋति—दक्षिण पश्चिम के कोने में। वरुण—पश्चिम में। वायु—उत्तर-पूरब के कोने में। ब्रह्मा—ईशान पूरब के मध्य में। अनन्त—नैर्ऋत्य पश्चिम के मध्य में। दशदिक्पाल की पूजा (हाथ में अक्षत फूल लेकर आवाहन)—इन्द्रादि दशदिक्पालदेवान् आवाहयामि स्थापयामि। भो दशदिक्पालदेवा इहागच्छत इहतिष्ठत मदीयां पूजां गृह्णत एक पत्ता रख कर उसी पर छीट दें।

पाद्य अर्घ्यं आचमनीय (चार बार जल छीटें)—पाद्यम् अर्घ्यम् आचमनीयम् स्नानीयं समर्पयामि श्रीइन्द्रादिदशदिक्पालदेवेभ्यो नमः।

अनुलेपन (अइपन)—इदमनुलेपनं विलेपयामि श्रीइन्द्रादि दश-दिक्पालदेवेभ्यो नमः।

फिर स्नान शुद्धोदक स्नानीयं समर्पयामि श्रीइन्द्रादिदशदिक्पाल-देवेभ्यो नमः।

चन्दन—चन्दनं समर्पयामि श्रीइन्द्रादिदशदिक्पालदेवेभ्यो नमः।

फूल—पुष्पं समर्पयामि श्रीइन्द्रादिदशदिक्पालदेवेभ्यो नमः।

धूप—वनस्पतिरसोद्भूतो गन्धाढ्यो गन्ध उत्तमः। आघ्रेयः सर्वदेवानां धूपोऽयं प्रतिगृह्यताम्। धूपमाघ्रापयामि श्रीइन्द्रादिदशदिक्पालदेवेभ्यो नमः।

दीप—दीपं दर्शयामि श्रीइन्द्रादि दशदिक्पालदेवेभ्यो नमः।

नैवेद्य—शर्कराघृतसंयुक्तं मधुरं स्वादु चोत्तमं। उपहारसमायुक्तं नैवेद्यं प्रतिगृह्यताम्। नैवेद्यं निवेदयामि। श्रीइन्द्रादिदशदिक्पालदेवेभ्यो नमः। (एक पत्ते पर नैवेद्य चढ़ा दें।)

आचमनीयं (जल गिरावें)—नैवेद्यान्ते आचमनीयं समर्पयामि श्रीइन्द्रादिदशदिक्पालदेवेभ्यो नमः।

पान कसैली द्रव्य—ताम्बूलं द्रव्यदक्षिणां च समर्पयामि श्रीइन्द्रादि-दशदिक्पालदेवेभ्यो नमः।

हाथ में अक्षत, फूल लेकर प्रार्थना—एभिः गन्धपुष्पधूपदीपनैवेद्य-ताम्बूलपूगीफलादिभिः पूजिताः श्रीइन्द्रादिदशदिक्पालदेवाः प्रीयन्ताम् न मम।

॥ षोडशमातृका पूजन ॥

कलश के दक्षिण ओर आँटा या गोली से १६ घर की षोडश मातृका की वेदी बनावे और उसी पर षोडश मातृका का पूजन करें।

षोडशमातृका वेदी

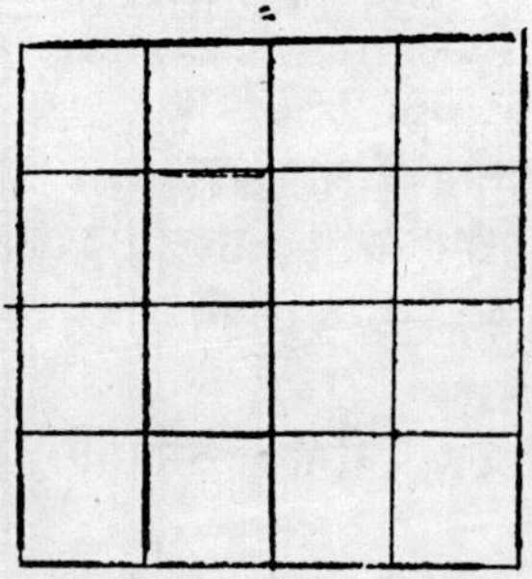

षोडश मातृका आवाहन (हाथ में फूल अक्षत लेकर)—ॐ गौरी पद्मा शची मेधा सावित्री विजया जया। देवसेना स्वधा स्वाहा मातरो लोकमातरः। धृतिः पुष्टिस्तथा तुष्टिरात्मनः कुलदेवताः। गणेशेनाधिका ह्येता वृद्धौ पूज्याश्च षोडश। ॐ भूर्भुवःस्वः षोडशमातृकाभ्यो नमः भो षोडशमातृकादेव्यः इहागच्छत इहतिष्ठत मदीयां पूजां गृह्णत श्रीगौर्य्यादि-षोडशमातृकाभ्यो नमः। फूल-अक्षत षोडशमातृका वेदी पर रख दें।

पाद्य अर्घ्यं आचमनीय स्नानीय (चार बार जल छीटें)—पाद्यम् अर्घ्यम् आचमनीयं स्नानीय समर्पयामि श्रीगौर्य्यादिषोडश मातृकाभ्यो नमः।

अनुलेपन—इदमनुलेपनं विलेपयामि श्रीगौर्य्यादिषोडशमातृकाभ्यो नमः।

फिर स्नान—शुद्धोदकं समर्पयामि श्रीगौर्य्यादिषोडशमातृकाभ्यो नमः।

चन्दन—चन्दनं समर्पयामि श्रीगौर्य्यादिषोडशमातृकाभ्यो नमः।

फूल—पुष्पं समर्पयामि श्रीगौर्य्यादिषोडशमातृकाभ्यो नमः।

धूप—धूपमाघ्रापयामि श्रीगौर्य्यादिषोडशमातृकाभ्यो नमः।

दीप—दीपं दर्शयामि श्रीगौर्य्यादिषोडशमातृकाभ्यो नमः।

नैवेद्य—नैवेद्यं निवेदयामि श्रीगौर्य्यादिषोडशमातृकाभ्यो नमः।

आचमनीय—आचमनीयं समर्पयामि श्रीगौर्य्यादिषोडशमातृकाभ्यो नमः।

पान कसैली द्रव्य—ताम्बूलं पुगीफलं द्रव्यं च समर्पयामि श्रीगौर्य्यादि-षोडशमातृकाभ्यो नमः।

हाथ में फूल लेकर प्रार्थना—जयन्ती मङ्गला काली भद्रकाली कपा-लिनी। दुर्गा क्षमा शिवा धात्री स्वाहा स्वधा नमोऽस्तुते। एभिः गन्ध-पुष्पधूपदीपनैवेद्यताम्बूलपुगीफलादिभिः पूजिताः गौर्य्यादिषोड़शमातरः प्रीयन्तां नमम।

सर्वदेव पूजा—हाथ में फूल अक्षत लेकर प्रार्थना—सर्वदेवान् सर्वा:

देवी: आवाहयामि स्थापयामि पूजयामि इहागच्छत इह तिष्ठत मदीयां पूजां गृह्णत श्री सर्वेभ्यो देवेभ्यो नमः। एक पत्ता रखकर फूल अक्षत छीट दे।

पाद्य, अर्घ्य, आचमनीय स्नानीय--पाद्यम् अर्घ्यम् आचमनीयं स्नानीयं समर्पयामि श्री सर्वेभ्यो देवेभ्यो नमः सर्वाभ्यः देवीभ्यो नमः। चार बार जल गिरावें।

अनुलेपन—इदमनुलेपनं विलेपयामि श्री सर्वेभ्यो देवेभ्यो नमः सर्वाभ्यः देवीभ्यो नमः।

फिर स्नान--शुद्धोदकं समर्पयामि श्री सर्वेभ्यो देवेभ्यो नमः सर्वाभ्यः देवीभ्यो नमः।

चन्दन—चन्दनं समर्पयामि श्री सर्वेभ्यो देवेभ्यो नमः सर्वाभ्यः देवीभ्यो नमः।

फूल—पुष्पं समर्पयामि श्री सर्वेभ्यो देवेभ्यो नमः सर्वाभ्यः देवीभ्यो नमः।

धूप—धूपमाघ्रापयामि श्रीसर्वेभ्योदेवेभ्योनमः सर्वाभ्यः देवीभ्योनमः।

दीप—दीपं समर्पयामि श्री सर्वेभ्यो देवेभ्यो नमः सर्वाभ्यो देवीभ्यो नमः।

नैवेद्य—नैवेद्यं भोजयामि श्री सर्वेभ्यो देवेभ्यो नमः सर्वाभ्यः देवीभ्यो नमः।

आचमनीय—आचमनीयं समर्पयामि श्री सर्वेभ्यो देवेभ्यो नमः सर्वाभ्यः देवीभ्यो नमः।

पान, कसैली, द्रव्य—ताम्बूलं पूगीफलं द्रव्यदक्षिणां च समर्पयामि श्री सर्वेभ्यो देवेभ्यो नमः सर्वाभ्यः देवीभ्यो नमः।

हाथ में फूल-अक्षत लेकर प्रार्थना--एभिः गन्धपुष्पधूपदीपनैवेद्यपूगीफलादिभि पूजिताः सर्वदेवाः सर्वाः देव्यः प्रीयन्ताम् नमम।

सभी शुभ कार्य्यों में पञ्चदेवता की पूजा इसी रीति से करनी चाहिए। यदि सत्यनारायण की पूजा हो तो इसके बाद शालग्राम की पूजा करें।

शालग्राम और प्रतिष्ठित-मूर्तियों का आवाहन नहीं करना चाहिए। केवल फूल रख दे।

हाथ में फूल लेकर आवाहन के रूप में प्रार्थना--ॐ सहस्र शीर्षा पुरुषः सहस्राक्षः सहस्रपात्। सभूमिꣳसर्वतः स्पृत्वात्यतिष्ठद्दशाङ्गुलम्। श्री शालग्राममूर्तये नमः। शालग्राम पर फूल रख दें

आसन—(एक पान का पत्ता या वस्त्र आसन दें)--ॐ पुरुष एवेदꣳ सर्वं यद्भूतं यच्च भाव्यम् उतामृतत्वस्येशानो यदन्नेनातिरोहति। इदमासनं समर्पयामि श्री शालग्राममूर्तये नमः।

पाद्य (केवल जल गिराना चाहिये)—ॐ एतावानस्य महिमातोज्यायांश्च पूरुषः। पादोऽस्य विश्वाभूतानि त्रिपादस्यामृतं दिवि। पाद्यं समर्पयामि श्री शालग्राममूर्तये नमः।

अर्घ्य (एक पात्र में या दोनो में अक्षत, फूल, चन्दन, जल रख कर)—ॐ त्रिपादूर्ध्व उदैत्पुरुषः पादोस्येहा भवत्पुनः। ततो विष्वङ् व्यक्रामत्साशनानशने अभि। अर्घ्यं समर्पयामि श्री शालग्राममूर्तये नमः। शालग्राममूर्ति के आगे अर्घ्य का जल गिरा दें।

आचमन (जल गिरावें)—ततोविराडजायत विराजो अधिपुरुषः। सजातो अत्यरिच्यत पश्चाद्भूमिमथोपुरः। इदमाचमनीयं समर्पयामि श्री शालग्राममूर्तये नमः।

स्नान—ॐ तस्माद्यज्ञात् सर्वहुतः सम्भृतं पृषदाज्यम्। पशूंस्तांश्चक्रे वायव्या नारण्या ग्राम्याश्च ये। इदं स्नानीयं समर्पयामि श्री शालग्राममूर्तये नमः। जल से स्नान करावें।

पञ्चामृत स्नान—ॐ पञ्चनद्यः सरस्वतीमपियन्ति सस्रोतसः। सरस्वतीतु पञ्चधा सा देशेऽभवत्सरित्। शालिग्राम मूर्ति को हाथ में लेकर पञ्चामृत में डुबाकर स्नान कराना चाहिए।

फिर जल से स्नान—कावेरीनर्मदावेणी तुङ्गभद्रा सरस्वती। गङ्गा च यमुना चैव ताभ्यः स्नानार्थमाहृतम्। शुद्धोदकस्नानीयं समर्पयामि श्री शालग्राममूर्तये नमः।

वस्त्र—ॐ तस्माद् यज्ञात्सर्वहुतः ऋचः सामानि यज्ञिरे। छन्दाᳬसि यज्ञिरे तस्माद् यजुस्तस्मादजायत। वस्त्रं समर्पयामि श्री शालग्राम-मूर्तये नमः।

यज्ञोपवीत—तस्मादश्वा अजायन्त ये के चोभयादतः। गावोहयज्ञिरे तस्मात्तस्माज्जाता अजावयः। यज्ञोपवीतं समर्पयामि श्री शालग्राममूर्तये नमः। जनेऊ चढ़ा दें।

गन्ध (चन्दन)—ॐ तं यज्ञं बर्हिषि प्रौक्षन्पुरुषञ्जातमग्रतः। तेन देवा अयजन्त साध्या ऋषयश्चये। चन्दनं समर्पयामि श्री शालग्राम-मूर्तये नमः।

मधुपर्क (दधि, मधु, घृत से युक्त मधुपर्क होता है)—दधिमध्वाज्य संयुक्तं पत्रयुग्मसमन्वितम्। मधुपर्कं गृहाण त्वम् वरदो भव शोभन। मधुपर्कं समर्पयामि श्री शालग्राममूर्तये नमः। एक पत्ते पर शालग्राम के आगे रख दें।

फूल—ॐ इदं विष्णुर्विचक्रमे त्रेधा निदधे पदम्। समूढ़मस्य पाᳬसुरे स्वाहा। पुष्पं समर्पयामि श्री शालग्राममूर्तये नमः।

फूल की माला—ॐ ओषधीः प्रतिमोदध्वम्पुष्पवतीः प्रसूवरीः। अश्वा इव सजित्वरीर्वीरुधः पारयिष्णवः। इमां पुष्पमालां समर्पयामि श्री शालग्राममूर्तये नमः।

तुलसीपत्रम्—ॐ यत्पुरुषं व्यदधुः कतिधा व्यकल्पयन्। मुखङ्किम-स्यासीत्किम्बाहू किमूरू पादा उच्येते। इदं तुलसीदलं समर्पयामि श्री शालग्राममूर्तये नमः।

धूपम्—ॐ ब्राह्मणोऽस्य मुखमासीद् बाहू राजन्यः कृतः। ऊरू त दस्य यद्वैश्यः पद्भ्याᳬ शूद्रोऽजायत।

दीप—चन्द्रमा मनसोजातश्चक्षोः सूर्य्यो अजायत। श्रोत्राद्वायुश्च-प्राणश्च मुखादग्निरजायत।

साज्यं च वर्तिसंयुक्तं वह्निनादीपितं मया। दीपं गृहाण देवेश त्रैलोक्य-तिमिरापहम्। दीपं दर्शयामि श्रीशालिग्राममूर्तये नमः। दीप रखकर हाथ धो लें।

नैवेद्य—पूआ-पक्वान्न, फल-फूल सभी वस्तुओं में से निकाल कर शालग्राम मूर्ति के आगे रखें—ॐ नाभ्याआसीदन्तरिक्षं शीर्ष्णो द्यौः समवर्तत। पद्भ्यां भूमिर्दिशः श्रोत्रात्तथालोकां अकल्पयन्।

त्वदीयं वस्तु गोविन्द तुभ्यमेव समर्पये। गृहाण सुमुखो भूत्वा प्रसीद परमेश्वर! तुलसीदल छोड़ दें।

आचमनीय—कर्पूरवासितं तोयं मन्दाकिन्याः समाहृतम्। आचम्यतां जगन्नाथ मया दत्तंहि भक्तितः। आचमनीयं समर्पयामि श्रीशालग्राम-मूर्तये नमः। जल गिरा दें।

पान कसैला—ॐ यत्पुरुषेण हविषा देवा यज्ञमतन्वत। वसन्तोऽस्या-सीदाज्यं ग्रीष्म इध्मः शरद्धविः। ताम्बूलं पूगीफलं श्रीशालग्राममूर्तये नमः।

दक्षिणा द्रव्य--पूजाफलसमृद्ध्यर्थं दक्षिणा च तवाग्रतः। स्थापिता तेन मे प्रीतः पूर्णान् कुरु मनोरथान्।

पुस्तक पूजा

पाद्य अर्घ्य आचमनीय स्नानीय--पाद्यम् आचमनीयम् स्नानीयं समर्पयामि श्रीपुराणपुरुषोत्तमाय नमः।

इसी तरह अनुलेपन, शुद्धोदक, चन्दन, पुष्प, धूप, दीप, नैवेद्य, आच-मनीय ताम्बूल, पूगीफल, द्रव्य चढ़ावें।

प्रार्थना—एभिः गन्धपुष्पधूपदीप नैवेद्य ताम्बूल पूगीफलादिभिः पूजितः पुराणपुरुषोत्तमः प्रीयताम् नमम।

कथा बाचनेवाल व्यास का पूजा

यजमान जल से ब्राह्मण व्यास के दोनों पैर धोवें—विपद्गणध्वान्त-सहस्रभानवः समीहितार्थार्पणकामधेनवः। अपारसंसारसमुद्रसेतवः पुनन्तु मां ब्राह्मणपादरेणवः।

तिलक (चन्दन)—ॐ नमोब्रह्मण्यदेवाय गोब्राह्मणहिताय च। जगद्धिताय कृष्णाय गोविन्दाय नमो नमः।

माल्यार्पणं—ॐ ब्रह्मण्यदेवाय नमः।

द्रव्यसहित धौत वस्त्र पैर पर रख दे। व्यास यजमान पर अक्षत

छींटकर यह श्लोक पढ़ें—मङ्गलं भगवान् विष्णुः मङ्गलं गरुड़ध्वजः। मङ्गलं पुण्डरीकाक्षः मंगलायतनो हरिः। इसके बाद व्यास कथा प्रारम्भ करें।

कथा समाप्त होने पर हवन करें (पहले नवग्रहों के मन्त्रों से)— सूर्य्यायनमः स्वाहा। चन्द्रायनमः स्वाहा। भौमायनमः स्वाहा। बुधायनमः स्वाहा। वृहस्पतयेनमः स्वाहा। शुक्रायनमः स्वाहा। शनैश्चरायनमः स्वाहा। राहवेनमः स्वाहा। केतवेनमः स्वाहा। फिर 'ॐ नमो भगवते वासुदेवाय" इस द्वादशाक्षरमन्त्र से एक माला कम-से-कम हवन करें। इसके बाद आरती। इसके बाद पूर्णाहुति।

पूर्णाहुति

हाथ से अक्षत, फूल, द्रव्य लेकर संकल्प—ॐ विष्णुर्विष्णुर्विष्णुः ॐ नमः परमात्मने पुराणपुरुषोत्तमाय श्र परमेश्वराज्ञया अद्य ब्रह्मणोद्वितीय-परार्द्धे श्रीश्वेतवाराहकल्पे वैवस्वतमन्वन्तरे अष्टाविंशतितमे कलियुगे कलिप्रथमचरणे जम्बूद्वीपे भरतखण्डे मासानां मासोत्तमे मासे अमुकमासे अमुकपक्षे अमुकतिथौ अमुकगोत्रः अमुकशर्म्माहं मनोऽभिलषित परिपूर्णार्थं कृतस्य सत्यनारायणपूजनस्य समाप्तिपूर्विकां पूर्णाहुतिं करिष्ये।

प्रदक्षिणा—यानि कानि च पापानि जन्मान्तरकृतानि च। तानि तानि च विनश्यन्तु प्रदक्षिणपदे पदे॥

रक्षाबन्धन

यजमान ब्राह्मण के हाथ में रक्षाबन्धन करें—ॐ व्रतेन दीक्षामाप्नोति दीक्षयाऽऽप्नोति दक्षिणाम्। दक्षिणाश्रद्धामाप्नोति श्रद्धया सत्यमाप्यते॥

ब्राह्मण यजमान के हाथ में रक्षाबन्धन करे—येन बद्धो बली राजा दानवेन्द्रो महाबलः। तेन त्वामनुवध्नामि रक्षे माचल माचल।

यजमान को तिलक—शतमानं भवति शतायुर्वैपुरुषः। शतेन्द्रिय आयुरेवेन्द्रियं वार्यमात्मन्धत्ते।

विसर्जन—(हाथ में अक्षत, फूल लेकर) ॐ गच्छ गच्छ सुरश्रेष्ठ स्वस्थानं परमेश्वर। पूजाराधन काले तु पुनरागमनाय च।

लेखक का वंश-परिचय

सर्वप्रथम—श्री पं० चूड़ामणि त्रिपाठी—इनके दो पुत्र (१) श्री पं० धनी त्रिपाठी (२) श्री पं० प्रसाद त्रिपाठी।

पं० धनी त्रिपाठीजी के तीन पुत्र—(१) श्री पं० बालगोविन्द त्रिपाठी (२) श्री पं० गुदर त्रिपाठी (३) श्री पं० द्वारका त्रिपाठी।

(१) पं० बालगोविन्द त्रिपाठी के तीन पुत्र—(१) श्री पं० मित्रजीत त्रिपाठी (२) श्री पं० विष्णुदयाल त्रिपाठी (३) श्री पं० गजाधर त्रिपाठी।

पं० मित्रजीत त्रिपाठी के दो पुत्र—(१) श्री पं० रामलगन त्रिपाठी (२) श्री पं० रामस्वरूप त्रिपाठी।

पं० विष्णुदयाल त्रिपाठी का वंश समाप्त।

१—पं० गजाधर त्रिपाठी के एक पुत्र—श्री पं० मथुरा त्रिपाठी वंश समाप्त।

१—पं० रामलगन त्रिपाठी के चार पुत्र—(१) पं० राजदेव त्रिपाठी (२) पं० राजेश्वरी त्रिपाठी (३) पं० लालमणि त्रिपाठी (४) पं० कृष्णदेव त्रिपाठी।

१—पं० रामस्वरूप त्रिपाठी के तीन पुत्र—पं० धर्मदेव त्रिपाठी (२) पं० नागेन्द्र त्रिपाठी (३) पं० भरत त्रिपाठी।

१—पं० राजदेव त्रिपाठी के एक पुत्र—पं० बुधेश्वर त्रिपाठी।

१—पं० धर्मदेव त्रिपाठी के तीन पुत्र—(१) पं० झूलन त्रिपाठी (२) पं० बबन त्रिपाठी (३) पं० ललन त्रिपाठी।

(२) श्री पं० गुदर त्रिपाठी के तीन पुत्र—(१) श्री पं० नारायण त्रिपाठी (२) श्री पं० शिवनारायण त्रिपाठी (३) श्री पं० जगदेव त्रिपाठी।

१—पं० नारायण त्रिपाठो के दो पुत्र—(१) पं० रामाश्रय त्रिपाठी (२, पं० राजा त्रिपाठी। वंश समाप्त।

१— पं० रामाश्रय त्रिपाठी के एक पुत्र—पं० नगीना त्रिपाठो।

१—पं० नगीना त्रिपाठी के एक पुत्र—पं० गणेश त्रिपाठी।

श्री पं० शिवनारायण त्रिपाठो के एक पुत्र—रघुवंश त्रिपाठी वंश समाप्त।

१—पं० जगदेव त्रिपाठो के तोन पुत्र—(१) पं० रामवृक्ष त्रिपाठी (२) रामविलाप त्रिपाठी (३) पं० रामपराक्षा त्रिपाठो।

पं० रामवृक्ष त्रिपाठी के एक पुत्र—पं० रामनरेश त्रिपाठी।

पं० रामविलाप त्रिपाठी का वश समाप्त। पं० रामपरीक्षा त्रिपाठी का वंश समाप्त।

१—पं० रामनरेश त्रिपाठी के चार पुत्र—(१) पं० श्री गणेश त्रिपाठी (२) पं० जयगणेश त्रिपाठी (३) पं० अखिलेश त्रिपाठी (४) पं० विमलेश त्रिपाठी।

श्री पं० धनो त्रिपाठी के तीसरे पुत्र द्वारका त्रिपाठी के दो पुत्र—(१) श्री पं० नन्दकुमार त्रिपाठी (लेखक के पितामह) (२) श्री पं० खिरन त्रिपाठी।

१—पं० नन्दकुमार त्रिपाठी के एक पुत्र—पं० वंशीधर त्रिपाठी (लेखक के पिता)।

१—पं० वंशीधर त्रिपाठी के चार पुत्र—(१) रामदास त्रिपाठी (२) पं० जगतानन्द त्रिपाठी (३) पं० परमानन्द त्रिपाठो (४, पं० अम्बिकानन्द त्रिपाठी।

१—पं० रामदास त्रिपाठी के एक पुत्र—पं० प्रियरञ्जन त्रिपाठी।

१—पं० जगतानन्द त्रिपाठी के सात पुत्र—(१) पं० वाचस्पति त्रिपाठी (२) पं० रवीन्द्रनाथ त्रिपाठी (३) पं० कवीन्द्रनाथ त्रिपाठी

(४) पं० मणीन्द्रनाथ त्रिपाठी (५) पं० सुरेन्द्रनाथ त्रिपाठी (६) पं० अमरेन्द्रनाथ त्रिपाठी (७) पं० शत्रुघ्न त्रिपाठी।

१—पं० परमानन्द त्रिपाठी के तीन पुत्र—(१) अखिलानन्द त्रिपाठी (२) विशुद्धानन्द त्रिपाठी (३) विजयानन्द त्रिपाठी।

१–पं० अम्बिकानन्द त्रिपाठी के चार पुत्र—(१) पं० रामनन्दन त्रिपाठी (२) कृष्णानन्द त्रिपाठी (३) देवानन्द त्रिपाठी (४) पं० कमलेश त्रिपाठी।

१—श्री पं० खिरन त्रिपाठी के दो पुत्र—(१) पं० यदुवंश त्रिपाठी (२) पं० हरिवंश त्रिपाठी।

१—पं० यदुवंश त्रिपाठी के दो पुत्र—(१) पं० गौरीशंकर त्रिपाठी (२) पं० गिरिजानन्द त्रिपाठी।

१—पं० गौरीशंकर त्रिपाठी के दो पुत्र—(१) पं० सुरेश त्रिपाठी (२) पं० योगी त्रिपाठी।

१—गिरिजानन्द त्रिपाठी के तीन पुत्र।

१—पं० हरिवंश त्रिपाठी के दो पुत्र—(१) पं० रामपृत त्रिपाठी (२) पं० बनमाली त्रिपाठी।

१—पं० रामपृत त्रिपाठी के तीन पुत्र—(१) पं० राधाकान्त त्रिपाठी (२) पं० मणिकान्त त्रिपाठी (३) पं० लक्ष्मीकान्त त्रिपाठी।

१—पं० बनमाली त्रिपाठी के दो पुत्र—(१) दिनेशचन्द्र त्रिपाठी (२) पं० उमेश त्रिपाठी।

यहाँ तक श्री पं० चूड़ामणि त्रिपाठी के प्रथम पुत्र श्री पं० धनी त्रिपाठी के वंशजों का वर्णन हुआ। अब उनके द्वितीय पुत्र पं० प्रसाद त्रिपाठी के वंशजों का वर्णन करता हूँ।

श्री पं० प्रसाद त्रिपाठी के दो पुत्र—(१) श्री पं० रामभजन त्रिपाठी वंश समाप्त। (२) श्री पं० चित्तबहाल त्रिपाठी वंश समाप्त।

सरयूपारी ब्राह्मणवंशोद्भव, मूलनिवास--पतार जो गोरखपुर जिलान्तर्गत है। मेरा ग्राम तारणपुर ऐसे स्थानपर बसा है जहाँ पहले जंगल था। ऊँची जमीन होने के कारण अच्छे किस्म की फसलों का अभाव था। उसी जंगल में एक महादेव की मूर्ति है जिसकी पूजाप्रतिष्ठा के लिए खानपुरा के जमीन्दार ने हमारे पूर्वज को बसाया था। अब तो एक सघन बस्ती है। शोणभद्र से एक नहर आ गयी है जिससे अच्छी उपज होती है। उस सुनसान जंगल में चारो ओर मंगल का

वातारण है।

श्रीमधुसूदनशरण रामजी का वंश-परिचय

परमपूज्य श्री मधुसूदन शरणरामजी जो इस समय राजीपुर, मशोढ़ा, चरजपुरा इत्यादि स्थानों के महन्थ है, जिनकी कृपा से इस पुस्तक का प्रकाशन सम्भव हो सका है, उनका जीवनवृत्त किञ्चित् देकर अपने को कृतकृत्य मानता हूँ।

सरयूपारीण ब्राह्मण बंशावतंस मुज़फ्फरपुर जिलान्तर्गत— 'मोहिनी' ग्राम। इनके प्रपितामह पं० विष्णुसुन्दर पांडय। इनके दो पुत्र— (१) पं० शिवनाथ पांडेय (२) जन्मजातमृत।

पं० शिवनाथ पांडेयजी के दो पुत्र—(१) बनमाली पांडेय (२) पं० सुब्बा पांडेय।

पं० बनमाली पांडेय के दो पुत्र—मथुरा पांडेय (श्री मधुसूदन शरण) (२) राजेन्द्र पांडेय।

पं० सुब्बा पांडेय के दो पुत्र - दोनों साधुसमाज में चले गए समाप्त।

पं० बनमाली पांडेय के प्रथम पुत्र श्री मथुरा पांडेय भी पाली थानान्तर्गत मशोढ़ा ग्राम के महन्त श्री कपिलदेव रामजी के शिष्य बन गए और उसी समय से इनका नाम श्री मधुसूदन शरण रखा गया और इसी नाम से आजकल सम्बोधित किए जाते हैं। इनका दूसरा भाई— पं० राजेन्द्र पांडेय हैं जिनका पुत्र पं० रमाशंकर पांडेय हैं। महन्त

श्री मधुसूदनशरण रामजी की उदारता और दानशीलता का ब्यौरेवार वर्णन इस प्रकार है—

कृष्णमाधवानन्द संस्कृत महाविद्यालय को ७५०००) रु०, श्री महन्त गोस्वामी कपिलदेव रामजी उच्चतर माध्यमिक विद्यालय मशौढ़ा को २५०००) रु०, मालतीधारी महाविद्यालय नोबतपुर के छात्रावास अपने नाम मधुसूदन छात्रावास बनवाकर १ लाख रुपये का भूमिदान किया तथा मधुसूदन महाविद्यालय विक्रम को एक लाख रुपये और अतिरिक्त भूमिदान किया। यही नहीं प्रत्युत अपने सभी पुराने मठों का जीर्णोद्धार किया। साथ-साथ राजगृह और मथुरावृन्दावन (यू० पी०) में भी नवीन मठों का निर्माण किया। इसके अतिरिक्त अनेक दीन दूर-दूर के छात्रों को वृत्ति देकर पढ़ाया और अभी भी पढ़ा रहे हैं। अपने थोड़े दिनों की कालावधि में इन्होंने जैसे-जैसे विलक्षण कार्य किये वे सभी मठाधीशों के लिए अनुकरण का विषय है।

—रामदास त्रिपाठी

मध, फूल, कसईली, पैसा, खली, तेल, महापात्र को खाने के लिए चूड़ा दही चिन्नी इत्यादि ।

(३)

अथ दश गात्र प्रयोग:

यजमान दशकपटी में पाक बनाकर रखे और जिस आग में पाक बनावे उसको बहारकर पूरब तरफ कर दे और उसी में जब धूप देने की बारी आवे तब धूना से धूप दे ।

प्रथमपिंड—यजमान आचमन करके बायीं तरफ जनेऊ बदलकर बायां पैर गिराकर बालू बिछाकर उस पर तीन कुश उत्तर दक्षिण के नियम से (अर्थात् जड उत्तर की ओर और फुनगी दक्खिन की ओर रखकर) एक आम का पत्ता भी रख दे । फिर दोनी में तिल जल चन्दन फूल रखकर उस दोनो को बाएँ हाथ में रखकर उसमें अक्षत तिल देकर मन्त्र बोले "ॐ अद्यामुक गोत्र पितरमुकप्रेत शिर:पूरक: प्रथमपिंड--स्थानेऽत्रावनेनिक्ष्व ते मया दीयते तवोपतिष्ठताम्" यह कहकर दोनी का जल उसी आम के पत्ते पर गिरा दे और दोनी को उसी जगह रख दे। फिर तिल घृत मधु के साथ गोल पिंड बनाकर हाथ में लेकर अक्षत जल लेकर मन्त्र बोले—

"अद्यामुकगोत्र पितरमुकप्रेत एष:शिर:पूरक प्रथम: पिंडस्ते मया दीयते तवोपतिष्ठताम्" यह कहकर उसी पत्ते पर बाएँ पैर गिराए हुए रख दे। अवनेजन की रखी हुई दोनी में फिर तिल अक्षत जल लेकर वाक्य—'अद्यामुकगोत्र पितरमुकप्रेत शिर: पूरकप्रथमपिंड अत्र प्रत्यवनेनिक्ष्व ते मयादीयते तवोपतिष्ठताम्" यह कह कर पिंड पर दोनी का जल गिरा दे।

फिर चन्दन, फूल, दीया, ऊन, धूना का धूप, खस, भेंगराज का पत्ता, कसईली, पान, बिना कुछ कहे पिंड पर चढ़ा दे, धूप आग में दे दें दीप पिंड की दक्षिण तरफ दक्षिण मुहे बार दे। हाथ में अक्षत

तिल लेकर वाक्य बोले—"अद्यामुक पितरमुक प्रेत शिरः पूरक प्रथम-पिंडे एतानि ऊर्णासूत्रोशीरचन्दन भृंग राजपत्र राल धूप दीपानि ते मयादीयन्ते तवोपतिष्ठन्ताम्" फिर एक चिलु जल तिल के साथ "अद्या-मुकगोत्र पितरमुकप्रेत शिरःपूरक-प्रथमपिंडे एप तिलतोयाञ्जलिस्ते मयादीयते तवोपतिष्ठताम्" यह कर पिंड पर गिरा दे। तिल जल से युक्त एक दोनी हाथ में लेकर 'अद्यामुकगोत्र पितरमुक प्रेतपिंडसमीपे एतत्‌तिलतोयपूर्णपात्रं ते मया दीयते तवोपतिष्ठताम्" यह कह कर पिंड के समीप रख दे।

पिंड पर दूध और जल दे और मन्त्र कहे "श्मशानानलदग्धोऽसि परित्यक्तोऽसिबान्धवैः। इदं क्षीरमत्रस्नाहि इदंपिब ते मयादीयते तवो-पतिष्ठताम्" कोई कोई दोनी में लेकर देते हैं और कोई कोई तीन शरका को बाँधकर उसपर कपटी या दोनी रखकर गिराते हैं।

दूसरा *पिंड*—उसी तरह तीन कुश का आसन देकर "अद्यामुकगोत्र पितरमुकप्रेत द्वितीयपिंडस्थानेऽत्रावनेनिक्ष्व ते मया दीयते तवोपति-ष्ठताम्" दोनी से जल गिरा दे। फिर पिंड लेकर और अक्षत लेकर मन्त्र बोले :—

"आद्यामुकगोत्र पितरमुकप्रेत एष कर्णाक्षिनासिकापूरकः द्वितीयः पिंडस्ते मया दीयते तवोपतिष्ठताम्" फिर उसी दोनी से जल लेकर बोले "अद्यामुकगोत्र पितरमुकप्रेत कर्णाक्षिनासिकापूरकद्वितीयपिंडे अत्र प्रत्यवनेनिक्ष्व ते मया दीयते तवोपतिष्ठताम्" पिंड पर दोनी का जल गिरा दे। दीया वार दे खस ऊन भॆंगराज चंदन कसईली पान चढ़ा दे धूना से धूप दे दे।

अक्षत तिल जल लेकर "अद्यामुकगोत्र पितरमुकप्रेत कर्णाक्षि-नासिकापूरकद्वितीयपिंडे एतानि ऊर्णासूत्रोशीरचन्दनभृंगराजपत्रराल-धूपदीपानि ते मया दीयन्ते तवोपतिष्ठन्ताम्" यह कहकर छींट दे। फिर दो चिलु जल तिल के साथ "अद्यामुकगोत्र पितरमुकप्रेत कर्णा-क्षिनासिकापूरकद्वितीयपिंडे एतौ तिलतोयाञ्जली ते मयादीयते तवो-पतिष्ठताम्" पिंड पर दे दे।

तिल जल सहित दो दोनी जल लेकर "अद्यामुक गोत्र पितरमुकप्रेत द्वितीयपिंडसमीपे एते तिलतोयपूर्णपात्रे ते मया दोयेते तवोपतिष्ठेताम्" पिंडसमीपमें रखदे। पिण्ड पर दूध जल—"श्मशानानलदग्धोऽसि परित्यक्तोऽसि बान्धवैः। इदं नीरमिदं क्षोरमत्र स्नाहि इदं पिब॥ ते मया दीयते तवोपतिष्ठताम्।

तृतीयपिंड—आसनदेकर "अद्यामुकगोत्र पितरमुकप्रेत तृतीयपिंडस्थाने अत्रावनेनिक्ष्व ते मया दीयते तवोपतिष्ठताम्" दोनी से जल गिरा दे।

पिंड अक्षत लेकर बोले "अद्यामुकगोत्र पितरमुक प्रेत गलांसभुजवक्षःपूरकः तृतीयः पिंडस्ते मया दीयते तवोपतिष्ठताम्। "फिर उसी दोनी से जल लेकर बोले "अद्यामुकगोत्र पितरमुकप्रेत गलांसभुजवक्षःपूरकतृतीयपिंडे अत्र प्रत्यवनेनिक्ष्व ते मया दीयते तवोपतिष्ठताम्" पिंड पर दोनी का जल गिरा दे।

दीया, खस, ऊन, भृंगराज, चन्दन, कसईली, पान चढ़ा दे धूना का धूप दे दे। अक्षत तिल जल लेकर "अद्यामुक गोत्र पितरमुकप्रेत गलांस भुजवक्षःपूरकतृतीयपिंडे एतानि ऊर्णसूत्रोशीरचन्दनभृंगराजपत्रगलधूपदीपानि ते मया दीयन्ते तवोपतिष्ठन्ताम्" यह कहकर छींट दे। फिर तीन चिल्लु जल तिल के साथ "अद्यामुकगोत्र पितरमुकप्रेत गलांसभुवक्षःपूरकतृतोयपिंडे एते तिलतायाञ्जलयस्ते मया दीयन्ते तवोपतिष्ठताम्" पिंड पर दे दें। तिल सहित तीन दोनी लेकर "अद्यामुक गोत्र पितरमुकप्रेत तृतीयपिंडसमीपे एतानि तिलतोयपूर्णपात्राणि ते मया दीयन्ते तवोपतिष्ठन्ताम्" पिंड समीप में रख दे। पिंड पर दूध जल "श्मशानानलदग्धोसि परित्यक्तोसि बान्धवैः। इदं नीरमिदं क्षीरमत्र स्नाहि इदं पिब॥ ते मया दीयते तवोपतिष्ठताम्"।

चतुर्थपिण्ड—तीन कुश लेकर "अद्यामुक गोत्र पितरमुकप्रेत चतुर्थपिण्डस्थाने अत्रावनेनिक्ष्व ते मया दीयते तवोपतिष्ठताम्" दोनी से जल गिरा दे।

पिंड अक्षत लेकर बोले "अद्यामुकगोत्र पितरमुकप्रेत नाभिलिङ्गगुदपूरकः चतुर्थः पिण्डस्ते मया दीयते तवोपतिष्ठाम्"

फिर उसी दोनी से जल लेकर "अद्यामुकगोत्र पितरमुक प्रेत नाभिलिङ्गगुदपूरकचतुर्थंपिण्डे अत्र प्रत्यवनेनिक्ष्व ते मया दीयते तवोपतिष्ठताम्" पिण्ड पर दोनो का जल गिरा दे। ऊन, खस, चन्दन, भृंगराजपत्र, चढ़ा दे। धूना का धूप, दीया, कसईली, पान, इत्यादि।

अक्षत, तिल, जल लेकर "अद्यामुकगोत्र पितरमुकप्रेत नाभिलिङ्गगुदपूरकचतुर्थपिण्डे एतानि ऊर्णासूत्रोशीरचन्दनभृंगराजपत्रालधूपदीपानि ते मया दीयन्ते तवोपतिष्ठन्ताम्" यह कह कर छींट दें।

फिर चार चिल्लु जल तिल के साथ "अद्यामुकगोत्र पितरमुकप्रेत नाभिलिंगगुदपूरकचतुर्थपिण्डे एते तिलतोयाञ्जलयस्ते मया दीयन्ते तवोपतिष्ठन्ताम्" पिण्ड पर दे दे। तिल जल सहित चार दोनो "अद्यामुकगोत्र पितरमुकप्रेत चतुर्थपिण्डसमीपे एतानि तिलतोयपूर्णपात्राणि ते मया दीयन्ते तवोपतिष्ठन्ताम्" पिण्ड समीप में रख दें।

पिण्ड पर दूध जल "श्मशानानलदग्धोसि परित्यक्तोसि बान्धवैः। इदं नीरमिदं क्षीरमत्र स्नाहि इदं पिब॥ ते मया दीयते तवोपतिष्ठताम्"

पञ्चमपिण्ड—तीन कुश देकर 'अद्यामुकगोत्र पितरमुकप्रेत पञ्चमपिंडस्थाने अत्रावनेनिक्ष्व ते मया दीयते तवोपतिष्ठताम्" दोनी से जल गिरा दें। पिंड अक्षत लेकर बोले "अद्यामुकगोत्र पितरमुकप्रेत जानुजंघापूरकः पञ्चमः पिण्डः ते मया दीयते तवोपतिष्ठताम्" फिर उसी दोनी से जल लेकर "अद्यामुक गोत्र पितरमुक प्रेत जानुजंघापूरकपञ्चमपिंडे अत्र प्रत्यवनेनिक्ष्व ते मया दीयते तवोपतिष्ठताम्" पिण्ड पर दोनो का जल गिरा दें। ऊन, खस, चन्दन, भृंगराजपत्र, धूप, दीप, कसईली, पान इत्यादि।

अक्षत तिल जल लेकर—"अद्यामुकगोत्र पितरमुकप्रेत जानुजंघापूरकपञ्चमपिण्डे एतानि ऊर्णासूत्रोशीरचन्दनभृंगराजपत्रालधूपदीपादीनि मया दीयन्ते तवोपतिष्ठताम्" अक्षत छींट दें।

फिर पांच चिल्लु जल तिल के साथ। "अद्यामुकगोत्र पितरमुकप्रेत जंघापूरकपञ्चमपिण्डे एते तिलतोयाञ्जलयस्ते मया दीयन्ते तवोपतिष्ठन्ताम्" पिण्ड पर दे दें। तिल जल सहित पांच दोनी "अद्यामुकगोत्र

पितरमुकप्रेत पञ्चमपिण्डसमीपे एतानि तिलतोयपूर्णपात्राणि ते मया दीयन्तें तवोपतिष्ठन्ताम्" पिण्ड समीप रख दें। पिण्ड पर दूधजल "श्मशानानलदग्धोसि परित्यक्तोसि वान्धवैः। इदं नोरमिदं क्षीरमत्र स्नाहि इदंपिब ॥ ते मया दीयते तवोपतिष्ठताम्"

षष्ठपिण्ड—तीन कुश देकर "आद्यामुकगोत्र पितरमुक प्रेत षष्ठपिंडस्थाने अत्रावनेनिक्ष्व ते मया दीयते तवोपतिष्ठताम्" दोनी से जल गिरा दें।

पिंड अक्षत लेकर "अद्यामुकगोत्र पितरमुकप्रेत सवमर्मपूरकः षष्ठः पिंडस्ते मया दीयते तवोपतिष्ठताम्" फिर उसी दोनी से जल लेकर "अद्यामुकगोत्रपितरमुक प्रेत सर्वमर्मपूरकषष्ठपिंडे अत्र प्रत्यवनेनिक्ष्व ते मया दीयते तवोपतिष्ठताम्" पिंड पर दोनी का जल गिरा दे।

ऊन, खस, चन्दन, भृंगराजपत्र, धूप, दीप, पान, कसईली इत्यादि। जल अक्षत तिल लेकर "अद्यामुकगोत्रपितरमुकप्रेत सर्वमर्मपूरकषष्ठपिण्डे एतानि ऊर्णासूत्रोशीरचन्दनभृंगराजपत्रालधूपदीपानि ते मया दीयन्ते तवोपतिष्ठन्ताम्। अक्षत छींट दे। फिर छः चिल्लु जल तिल के साथ "अद्यामुकगोत्र पितरमुकप्रेत सर्वमर्मपूरकषष्ठपिंडे एते तिलतोयाञ्जलयस्ते मया दीयन्ते तवोपतिष्ठन्ताम्" पिण्ड पर दे दे।

तिल जल सहित छः दोनी "अद्यामुकगोत्र पितरमुकप्रेत षष्ठपिंडसमीपे तिलतोयपूर्णपात्राणि ते मया दीयन्ते तवोपतिष्ठन्ताम्" पिंड समीप में रख दे। पिण्ड पर दूध जल—"श्मशानानलदग्धोसि परित्यक्तोसि बान्धवैः। इदं नीरमिदं क्षीरमत्र स्नाहि इदं पिब ॥ ते मया दीयते तवोपतिष्ठताम्"।

सप्तमपिण्ड—तीन कुश लेकर "अद्यामुकगोत्र पितरमुक प्रेत सप्तमपिण्डस्थाने अत्रावनेनिक्ष्व ते मया दीयते तवोपतिष्ठताम्" दोनी से जलगिरा दे।

पिण्ड अक्षत लेकर "अद्यामुकगोत्र पितरमुकप्रेत सर्वनाड़ीपूरकः सप्तमः पिण्डस्ते मया दीयते तवोपतिष्ठताम्" फिर उसी दोनी से जल लेकर "अद्यामुकगोत्र पितरमुक प्रेत सर्वनाड़ीपूरकसप्तमपिण्डे अत्र प्रत्यवनेनिक्ष्व

ते मया दीयते तवोपतिष्ठताम्" पिण्ड पर दोनी का जल गिरा दे। ऊन, खस, चन्दन, भृंगराजपत्र, धूप, दीप, पान, कसईली।

अक्षत तिल जल लेकर "अद्यामुकगोत्र पितरमुकप्रेत सर्वनाड़ीपूरकसप्तमपिण्डे एतानि ऊर्णासूत्रोशीरचन्दनभृंगराजपत्ररालधूपदीपानि ते मया दीयन्ते तवोपतिष्ठन्ताम्।" अक्षत छींट दें। फिर सात चिल्लु जल तिल के साथ "अद्यामुक गोत्र पितरमुकप्रेत सर्वनाड़ीपूरकसप्तमपिंडे एते तिलतोयाञ्जलयस्ते मया दीयन्ते तवोपतिष्ठन्ताम्" पिण्ड पर दे दे। तिल सहित जल सात दोनी "अद्यामुक गोत्र पितरमुकप्रेत सप्तमपिण्ड समीपे तिलतोयपूर्णपात्राणि ते मया दीयन्ते तवोपतिष्ठन्ताम्" पिंड के समीप में रख दें। पिण्ड पर दूध जल "श्मशानानलदग्धोसि परित्यक्तोसि बान्धवैः। इदं नीरमिदं क्षीरमत्र स्नाहि इदं पिब॥ ते मया दीयते तवोपतिष्ठताम्"।

अष्टमपिण्ड—तीन कुश देकर "अद्यामुकगोत्र पितरमुकप्रेत अष्टमपिण्डस्थाने अत्रावनेनिक्ष्व ते मया दीयते तवोपतिष्ठताम्" दोनी से जल गिरा दें पिण्ड अक्षत लेकर—"अद्यामुक गोत्र पितरमुक प्रेत दन्तलोमादिपूरकः अष्टमः पिण्डस्ते मया दीयते तवोपतिष्ठताम्" फिर उसी दोनी से जल लेकर "अद्यामुक गोत्र पितरमुक प्रेत दन्तलोमादिपूरकअष्टमपिण्डे अत्र प्रत्यवनेनिक्ष्व ते मया दीयते तवोपतिष्ठताम्' पिण्ड पर दोनी का जल गिरादे। ऊन, खस, चन्दन, भृंगराजपत्र, धूप, दीप, पान, कसईली इत्यादि। अक्षत तिल जल लेकर—"अद्यामुक गोत्र पितरमुक प्रेत दन्तलोमादिपूरकअष्टमपिंडे एतानि ऊर्णासूत्रोशीरचन्दनभृंगराजपत्र रालधूपदीपानि ते मया दीयन्ते तवोपतिष्ठन्ताम्" अक्षत छींट दें। फिर आठ चिल्लु जल तिल के साथ, "अद्यामुक गोत्र पितरमुक प्रेत दन्तलोमादिपूरकअष्टमपिण्डे एते तिलतोयाञ्जलयस्ते मया दीयन्ते तवोतिष्ठन्ताम्" पिण्ड पर दे दे। तिल जल के सहित आठ दोनो लेकर—"अद्यामुकगोत्र पितरमुकप्रेत अष्टमपिण्डसमीपे एतानि तिलतोयपूर्णपात्राणि ते मया दीयन्ते तवोपतिष्ठन्ताम्" पिण्ड समीप में रख दें। दूध जल "श्मशानानलदग्धोऽसि परित्यक्तोसि बान्धवैः। इदं नीरमिदं क्षीरमत्र स्नाहि इदं पिब॥ ते मया दीयते तवोपतिष्ठताम्। अद्यामुकगोत्र अमुकप्रेत दन्तलोमादिपूरक

अष्टमपिण्डे एते तिलतोयाञ्जलयस्ते मया दीयन्ते तवोपतिष्ठन्ताम्" पिण्ड पर दे दे। तिल जल के सहित आठ दोनी लेकर "अद्यामुकगोत्र पितरमुकप्रेत अष्टमपिण्डसमीपे एतानि तिलतोयपूर्णपात्राणि ते मया दीयन्ते तवोपतिष्ठन्ताम्" पिण्डसमीप में रख दे। दूध जल "श्मशानानलदग्धोसि परित्यक्तोसि बान्धवैः। इदं नीरमिदं क्षीरमत्र स्नाहि इदं पिब॥ ते मया दीयते तवोपतिष्ठताम्।

नवमपिंड—तीन कुश लेकर "अद्यामुकगोत्र पितरमुकप्रेत नवमपिंडस्थाने अत्रावनेनिक्ष्व ते मया दीयते तवोपतिष्ठताम्" दोनी से जल गिरा दे। पिंड अक्षत लेकर—"अद्यामुक गोत्र पितरमुकप्रेत वीर्यपूरकः नवमः पिंडस्ते मया दीयते तवोपतिष्ठताम्" फिर उसी दोनी से जल लेकर अद्यामुक गोत्र पितरमुक प्रेत वीर्यपूरकनवमपिंडे अत्र प्रत्यवनेनिक्ष्व ते मया दीयते तवोपतिष्ठताम्" पिंड पर दोनी का जल गिरा दे। ऊन, खस, चन्दन, भृंगराजपत्र धूप, दीप, पान, कसईली इत्यादि। अक्षत तिल जल लेकर "अद्यामुकगोत्र पितरमुक प्रेत वीर्यपूरकनवमपिंडे एतानि ऊर्णासूत्रोशीरचन्दन भृगराजपत्र रालधूपदीपानि ते मया दीयन्ते तवोपतिष्ठन्ताम्" अक्षत छोड़ दे। नव चिल्लु जल तिल के साथ—"अद्यामुकगोत्र पितरमुकप्रेत वीर्यपूरकनवमपिंडे एते तिलतोयाञ्जलयस्ते मया दीयन्ते तवोपतिष्ठन्ताम्" पिंडपर दे। तिल जल के सहित नव दोनी जल लेकर—'अद्यामुकगोत्र पितरमुकप्रेत नवमपिंडसमीपे एतानि तिलतोयपूर्णपात्राणि ते मया दीयन्ते तवोपतिष्ठन्ताम्" पिंड समीप रख दे।

दूध जल "श्मशानानलदग्धोसि परित्यक्तोसि बान्धवैः। इदं नीरमिदं क्षीरमत्रस्नाहि इदं पिब॥ ते मया दीयते तवोपतिष्ठताम्।

दशमपिंड—तीन कुश लेकर "अद्यामुकगोत्र पितरमुकप्रेत दशमपिंडस्थाने अत्रावनेनिक्ष्व ते मया दीयते तवोपतिष्ठताम्" दोनी से जल गिरा दे। पिंड अक्षत लेकर "अद्यामुक गोत्र पितरमुकप्रेत पूर्णत्वतृप्तताक्षुद्विपर्ययपूरकः दशमः पिंडस्ते मयादीयते तवोपतिष्ठताम्" फिर उसी दोनीसे जल लेकर 'अद्यामुकगोत्रपितरमुक प्रेत पूर्णत्वतृप्तताक्षुद्विपर्ययपूरक दशमपिंडे अत्र प्रत्यवनेनिक्ष्व ते मया दीयते तवोपतिष्ठताम्" पिंडपर दोनी का

जल गिरा दे। ऊन, खस, चन्दन, भृंगराजपत्र, धूप, दीप, पान, कसईञी। अक्षत तिलजल लेकर—"अद्यामुकगोत्र पितरमुकप्रेत एतानि ऊर्णासूत्रो· शोरचन्दनभृंगराजपत्ररालधूपदीपानि ते मया दीयन्ते तवोपतिष्ठन्ताम्" अक्षत छींट दे। दश चिल्लु जल तिल के साथ "अद्यामुकगोत्र पितरमुक-प्रेत पूर्णत्वतृप्तताक्षुद्विपर्ययपूरक दशमपिंडे एते तिलतोयाञ्जलयस्ते मया दीयन्ते तवोपतिष्ठन्ताम्" पिंड पर दे दे। तिल जल के सहित दश दोनी जल लेकर "अद्यामुक गोत्र पितरमुक प्रेत दशमपिंडसमीपे एतानि तिलतोयपूर्णपात्राणि ते मया दीयन्ते तवोपतिष्ठन्ताम्" पिंडसमीप में रख दे। दूध जल 'श्मशानानलदग्धोसि परित्यक्तोसि बान्धवैः। इदं नीरमिदं क्षोरमत्र स्नाहि इदं पिब॥ ते मया दीयते तवोपतिष्ठताम्" फिर हाथ जोड़कर "अनादि निधनो देवः शंखचक्रगदाधरः। अक्षयः पुंडरीकाक्षः प्रेतमोक्षप्रदो भव" यह कहकर समाप्त कर दे।

फिर महापात्र को मुंडन करवाकर स्वयं भी दक्षिणाभिमुख बैठ कर मुंडन करावे। इसके बाद खलीं, तेल माथे में लगाकर स्नान करे और प्रेत को जल देने के लिये अक्षत तिल जल लेकर "अद्यामुक गोत्र पितर-मुक प्रेत एष तिलतोयाञ्जलिस्ते मया दीयते तवोपतिष्ठताम्" दो तीन चिल्लु जल दे दे। फिर स्नान कर यज्ञोपवीत बदल कर शुद्ध वस्त्र धारण कर अपने घर में जाय।

॥ इति ॥

श्राद्धसूत्र

रक्षादीप: कर्मपात्रं दिग्बन्धनमत: परम् । नीवोबन्धोथ विप्राणां वरणं च यथाविधि ।।१।। सेक: संकल्पकश्चैव जप आसनमेवच । आवाहनं तिलक्षेपश्चाघ्यों गन्धादिनार्चनम् ।।२।। वारिमण्डलमन्नस्य लक्ष्मीनारायणार्चनम् । ततोभूस्वामिने दद्यादन्नं सघृतशर्करम् ।।३।। परिवेषणमन्नस्य मधुदानंच तत्रहि । पात्रावलम्भनं चैव तिलक्षेपस्तत: परम् ।।४।। संकल्प्य सोपकरणं पत्रान्नादि प्रदानकम् । गायत्री मधुबातेति मन्त्रं चापि पठेत्पुन: ।।५।। पाठोऽन्नहीनमित्यस्य गायत्र्यास्त्रिजपस्तथा । पाठ: सहस्रशीर्षादि: विकरासमनेवच ।।६।। विकरान्नं जपश्चेति वेदिकोल्लेख एवच । अङ्गारभ्रमणन्तत्र छिन्नमूलकुशास्तृति: ।।७।। अवनेजनकश्चैव पिंडदानं तत:परम् । लेप: करप्रोक्षणकं तत: प्रत्यवनेजनम् ।।८।। श्वासावरोधनश्चैव नीवी विस्रंसनं तत: । सूत्रदानं तदुत्सर्गो गन्धदानादिपूजनम् ।।९। विकिरेर्तिपडशेषान्नं पिंडस्यावाक् समोपत: । अक्षय्यं जलधाराच आशी: सम्प्रार्थनं तथा ।।१०।। पिंडोपरि तु पूर्वाग्रकुशत्रयविधारणम् । उर्जधारातु पयसाऽघोरपाठस्तत: परम् ।।११।। पिंडाघ्राणोत्थापनं च कुशास्तरणचालनम् । अर्घ्यपात्रोन्मुखकृति: ब्राह्मणेभ्यश्च दक्षिणा ।।१२। विसर्जनं दीपशान्ति: शौचाचमनकन्तथा । प्रमादादिति पाठश्च सूर्यदर्शनवन्दने ।।१३।। दृष्टा: श्राद्धविवेकादिग्रन्थास्तेषां मतेन च । निर्मितं रामदासेन श्राद्धसूत्रं सतां मुदे ।।१४।।

१ पाक निर्माण	४ कुश धारण
२ नैऋत्यकोण में रक्षोध्नदीप	५ कर्म पात्रकरण
३ कर प्रक्षालन (हाथ धोना)	६ दिग्बन्धन

७ नीवी बन्धन
८ वरण
९ संकल्प
१० गायत्री जप
११ वेदी निर्माण
१२ उसपर पात्रस्थापन
१३ चौदह कुशासन
१४ आसनपर तिलक्षेप
१५ प्रेत वाहन
१६ अर्घ्य सविधि न्युब्जीकरण
१७ पूजन
१८ पूजन संकल्प
१९ भोजनपात्रजलपात्रादि दान
२० ततोमण्डलकरण
२१ भूस्वामिने अन्नदान
२२ अन्नपर मधुदान
२३ चार दोनी में अन्न, जल मधु, घृत
२४ अन्न सोपकरण संकल्प
२५ सव्य होकर गायत्री और अन्नहीन का पाठ
२६ सहस्रशीर्षादि पुरुषसूक्त का पाठ
२७ अपसव्य होकर पश्चिम में विकरासन
२८ विकरान्नदान
२९ हस्तपादादि प्रक्षालन

३० वेदीपर रेखाकरण
३१ रेखापर अंगार भ्रमण
३२ वेदीपर कुशास्तरण
३३ अवनेजन
३४ पिंडदान लेपदान
३५ पितर्मादयस्व का पाठ
३६ श्याम लेकर उत्तर में त्याग
३७ प्रत्यवनेजन दान
३८ नीवी विस्रंसन
३९ सूत्रदान
४० पिंडपूजन सर्वोपचार से
४१ अक्षय्य दान
४२ जलधारा दान
४३ आशीः प्रार्थना
४४ पिंडपर कुशत्रय दान
४५ दुग्धधारा
४६ पिंडपर वस्त्रदान
४७ पिंडाघ्राण
४८ कन्धेपर पिंडोत्थापन
४९ पिंड की जगह पर शंख, चक्र, गदा, पद्म का चिह्न
५० अर्घ्यपात्रोत्तानीकरण
५१ आचार्यदक्षिणा
५२ दीपनिर्वाण
५३ सव्यहोकरपूर्वमुख प्रमादात् का पाठ
५४ सूर्य्यदर्शन प्रणाम

पिंड सामग्री

अरवा चावल, गाय का दूध, मीठा, तिल, पञ्चमेवा, कुश नया, सरसों बालू, मधु, घी, तिल तेल के दिया और नया दिया, रुई, कपटी, कच्चा सूत, पात के लिये थाली, लोटा, गिलास, आसन, कलछी, पञ्च-पात्र, रुद्राक्षमाला, पिंडापर वास्ते वस्त्र, आम के पल्लव, कसईली, पान, फूल, चन्दन, आमके पत्ते की दोनी. यदि शय्या हो तो खटिया, चांदनी, बिछोना, ठाकुर ठकुराईन, खमी, कुशकंडिका के लिये ढकनी ४, पिंट्टा बनाने के लिय मिट्टीकराहो १, गेहूँ का आँटा, गाय का दूध, वेदी वास्ते बालू, कलशस्थापन की सभी सामग्री।

अथैकादशाहश्राद्धप्रयोगः

रक्षादीप

तिल के तेल से या घी से एक दीप बारकर नैऋत्य कोण में रखकर एक दूसरे पात्र से ढक दे और मन्त्र पढ़े 'श्राद्धे विघ्नकरा ये च येच दुष्टाः पिशाचकाः। ते सर्वे भूमितः यान्तु श्राद्धं रक्षन्तु सर्वदा।

यह कहकर जल छिट दे। हाथ धोकर कुश धारण करे।

कर्मपात्र (अर्थात् काम करनेवाला पात्र)

अक्षत तिल जल लेकर "अद्यामुकगोत्र पितरमुकप्रेतैकादशाह श्राद्ध-करणाय एतत् कर्मपात्रसंकल्पमहं करिष्ये" यह कहकर लोटे में छींट दे। फिर उसमें फूल और कुश की गेंठी देकर दोनों हाथ से झांपकर मन्त्र बोले "गयादीनि च तीर्थानि ये च पुण्याः शिलोच्चयाः। कुरुक्षेत्रं च गंगां च सर्वपापप्रणाशिनीम्॥ भद्रावकाशां सरयूं गंडकीं तमसां तथा। वैष्णवं च वराहं च तीर्थपिंडारकं तथा॥ पृथिव्यां यानि तीर्थानि चतुरः सागरा-स्तथा। आवाहयामि श्राद्धार्थं श्राद्धं रक्षन्तु ते सदा।"

सेक

ॐ अपवित्रः पवित्रो वा सर्वावस्थां गतोपि वा। यः स्मरेत्पुण्डरीकाक्षं सबाह्याभ्यन्तरः शुचिः" यह कहकर माथेपर और सभी वस्तुओं पर छींट

दे। शालिग्राम की पूजा, कलश स्थापना, गौरी गणेश की पूजा के बाद पिंड का काम करना चाहिये।

दिग्बन्धन

बायें हाथ में गौर सरसों लेकर दाहिने हाथ से छिपाकर "ॐ नमो नमस्तेगोविन्द पुराणपुरुषोत्तम। इदं श्राद्धं हृषीकेश रक्षत्वं सर्वतो दिशः॥ यह कह कर ॐ प्राच्यैनमः पूरब में ॐ अवाच्यैनमः दक्षिण में, ॐप्रतीच्यै नमः ,पश्चिम में, ॐ उदीच्यैनमः, उत्तर में, ॐ अन्तरिक्षायनमः, आकाश में, ॐ भूम्यैनमः भूमि पर दाहिने हाथ से छीट दें।

नीवी बन्धन

आमके पत्ते की दोनी बना कर उसमें फूल अक्षत कुश तिल देकर दाहिनी ओर कमर में खोंस लें और मन्त्र "निहन्मि सर्वयदमेध्यकृद्धत्रे-द्धताश्चसर्वेऽसुरदानवा मया। यक्षाश्च रक्षांसि पिशाचगुह्यका हतामया विघ्नकराश्वसर्वे"

विप्रवरण

ब्राह्मण के माथे पर जल छिट कर और पैर धोकर चन्दन कर दें हाथ में अक्षत द्रव्य वस्त्र लेकर "अद्यामुक गोत्र पितरमुक प्रेतैकादशाहश्राद्धकर्मणि एभिः द्रव्याक्षतवासोभिः ब्राह्मणत्वेन पुराहितत्वेन च त्वामहं वृणे" यह कह कर पैर पर रख दें। पुरोहित—'वृतोऽस्मि, कह दें।

श्राद्धभूमिपूजा

यव और फूल से "श्राद्धभूम्यै नमः" कहकर पूजा करे।

सेक

ॐअपवित्रः पवित्रो वा सर्वावस्थां गतोऽपि वा। यः स्मरेत्पुंडरीकाक्षं सबाह्याभ्यन्तरः शुचिः, माथे पर जल।

संकल्प

कुश तिल जल लेकर "ॐ अद्यामुकगोत्रस्य पितुरमुकप्रेतस्य प्रेतत्वविमुक्तिकामः यथा कालं षोडशश्राद्धान्यहं करिष्ये"

जप

तीन बार "ॐ भूर्भुवः स्वस्तत्सवितुर्वरेण्यं भर्गोदेवस्य धीमहि धियो योनः प्रचोदयात्" यह मन में जप कर 'देवताभ्यः पितृभ्यश्च महायोगिभ्य एवच। नमः स्वाहायै स्वधायै नित्यमेव नमोनमः" तीन बार जपे।

आसन

बायीं तरफ यज्ञोपवीत बदल कर बायां पैर फिराकर अक्षत तिल जल लेकर 'ॐअद्यामुकगोत्र पितरमुकप्रेत आद्यश्राद्धे इदमासनं ते मयादीयते तवोपतिष्ठताम्" कुश का आसन दे दें।

आवाहन

ॐ आयन्तु नः पितरः सोम्यासोऽग्निष्वात्ताः पथिभिर्देवयानैः। अस्मिन्यज्ञे स्वधयामदन्तोऽधिब्रुवन्तु तेऽवन्त्वस्मान्" यह कहे।

तिलक्षेप (आसन पर तिल छिटना)

ॐ अपहताऽ असुरारक्षा ᳪ सिव्वेदिषदः" यह कर कर छिट दें।

अर्घ्य

आम के पत्ते की दोनी या ताम्बे के अर्घ्यं में कुश की गेठो-"पवित्रे स्थो वैष्णव्यो सवितुर्वः प्रसव उत्पुनाम्यच्छिद्रेण पवित्रेण सूर्य्यस्य रश्मिभिः, यह कह कर दे दें। फिर जल ॐ शन्नोदेवीरभीष्टय आपो भवन्तु पीतए। शंय्यो रभिस्रवन्तुनः" जल देदे। फिर तिल—ॐ तिलोसि सोमदैवत्यो गोसवो देवनिर्मितः। प्रत्नमद्धिः प्रत्तः स्वधया पितृंल्लोकान् प्रीणाहि नः" तिल दे दें।

चन्दन और फूल भी चुपचाप देकर उस अर्घ्य को बायें हाथ में लेकर उस अर्घ्यं से कुश निकाल कर आम के पत्ते पर रख दें और उस पर कुश से लोटे का जल छिट दें और यह पढ़े "ॐ या दिव्याऽ आपः पयसासम्बभूवुः या अन्तरिक्षाऽ उतपार्थिवीर्याः हिरण्यवर्णा यज्ञियास्तान आपः शिवाः स ᳪ स्योना सुहवा भवन्तु" फिर अक्षत जल लेकर "अद्यामुक गोत्र पितरमुकप्रेत आद्यश्राद्धे एष हस्तार्घस्ते मया दीयते तवोपतिष्ठताम्" यह

कह कर अर्घ्यं का जल, पत्ते पर रखी हुई कुश की गेंठी पर गिरा दें। फिर उस गेंठी को उठाकर अर्घ्यं में रख कर उस अर्घ्यं को "पवित्रे स्थान मसि" यह कह कर बायीं तरफ उलट दें।

श्राद्ध भूमि पर तिल छिटना

तिल छिटकर पत्ते पर जल, चन्दन, फूल, धूप,दीप, पान, यज्ञोपवीत, कमईली चढ़ा दें और अक्षत जल लेकर ॐ अद्यामुकगोत्र पितरमुक प्रेत एतानि गन्धपुष्पधूपदीपताम्बूल यज्ञोपवीतवासांसि ते मया दीयन्ते तवोपतिष्ठन्ताम्" अक्षत छिट दें।

थाली लोटा गिलास, इत्यादि का दान, अक्षत जल लेकर अद्यामुकगोत्र पितरमुकप्रेत, भोजनकरणाय भोजन पात्रं, जलपानाय जलपात्रं मया दीयन्ते तवोपतिष्ठन्ताम्" यह कहकर अक्षत पात्रों पर छिट दे।

मण्डलकरण

जल से आसन, और भोजन पात्र को चारों ओर से घेर दे और मंत्र पढ़े "यथा चक्रायुधो विष्णुस्त्रैलोक्यं परिरक्षति। एवं मण्डलतोयन्तु सर्व भूतानि रक्षतु"

"भूस्वामी"

एक दोनी में थोड़ा अन्न निकालकर "ॐ इदमन्नमेतद्भूस्वामिपितृभ्यो नमः, यह कहकर आसन के दक्षिण ओर रख दें। फिर भोजन पात्र में अन्न, एक में जल, एक में घी, रख कर अन्न पर मधु मन्त्र "मधुव्वाता ऋतायते मधुक्षरन्ति सिन्धवः। माध्वीर्नः सन्त्वोषधीः। मधुनक्तमुतोषसो मधुमत्पार्थिव ँ रजः। मधु द्यौरस्तुनः पिता। मधुमान्नो व्वनस्पतिर्मधुमाँऽस्तु सूर्य्यः। माध्वीर्गावो भवन्तुनः॥ मधु मधु मधु। फिर भोजन पात्रको हाथ से छिपाकार ॐ पृथिवीते पात्रं द्यौरपिधानं ब्राह्मणस्य मुखे अमृते अमृतं जुहोमि स्वाहा" ॐ इदं विष्णुर्विचक्रमे त्रेधा निदधे पदं समूढमस्य पा ँ सुरे स्वाहा" ॐ कृष्णकव्यमिदं रक्षमदीयम् ॐ इदमन्नम्, ॐ इमा आपः ॐ इदमाज्यम् यह कहकर दाहिने हाथ के अंगूठे को उलट कर स्पर्श करावें।

तिल

ॐ अपहताऽ असुरा रक्षा ᳪ सिवेदिषद:" यह कह कर अन्न पर छिट दें। फिर अक्षत लेकर "अद्यामुक गोत्र पितरमुक प्रेत आद्य श्राद्धे इदमन्नं सोपकरणं ते मया दीयते तवोपतिष्ठताम्" कह कर छिट दें।

मन्त्रों का जप

ॐ भूः भुव:स्वस्तत्सवितुर्वरेण्यं भर्गो देवस्य धीमहि धियो योनः प्रचोदयात्" ॐ मधुव्वाता ऋतायते मधुक्षरन्ति सिन्धवः। माध्वीर्नः सन्त्वोषधीः। मधुनक्तमुतोषसो मधुमत्पार्थिव ᳪ रजः। मधुद्यौरस्तुनः पिता। मधुमान्नो व्वनस्पतिः मधुमाऽअस्तु सूर्य्यः। माध्वीर्गावो भवन्तुनः" मधु मधु मधु, जप करके "अन्नहीनं क्रियाहीनं विधिहीनं च यद्भवेत तत्सर्वमच्छिद्रमस्तु" यह कहे।

"मन्त्रों का पाठ करे"

ॐ कृणुष्वपाजः प्रसृतिन्न पृथ्वीय्याहि राजे वाम वाँरऽइमेन। तृष्वी मनु प्रप् सितिन्द्रूणानोस्तासि व्विद्धय रक्षसस्तपिष्ठैः॥ इत्यादि पढ़कर तिल भूमि में गिरा दें फिर "सहस्रशीर्षा पुरुषः सहस्राक्षः सहस्रपात्। सभूमि ᳪ सर्वतस्पृत्वात्यतिष्ठद् दशाङ्गुलम्। इत्यादि पुरुष-सूक्त। ॐ नमस्तुभ्यं विरूपाक्ष नमस्तेऽनेक चक्षुपे। नमः पिनाकहस्ताय वज्रहस्ताय वै नमः"

"विकरासन"

यज्ञोपवीत बायीं तरफ करके, तीन कुश के आसन के साथ अक्षत जल लेकर "असंस्कृतप्रणोतानां त्यागिनां कुलभागिनाम्। उच्छिष्टभाग-धेयानां दर्भेषु विकरासनम्॥ पश्चिम ओर, जड़ उत्तर आगे का भाग दक्षिण की ओर करके रख दें।

विकरा का अन्न

अन्न, तिल, घृत, जल सहित लेकर "ॐ अग्निदग्धाश्च ये जीवा येऽप्यदग्धाः कुलेमम। भूमौदत्तेन तृप्यन्तु तृप्ताः यान्तु परांगतिम्" यह कह

कर कुशासन पर गिरा दें। कुश को अंगूठी इत्यादि उसी जगह रखकर हाथ धोले और यज्ञोपवीत दाहिनो ओर करके भगवान का स्मरण करके फिर बायीं ओर बदल लें। फिर पिण्ड देने के लिये बालू की वेदो बनाकर कुश को जड़ से "ॐ अपहताऽ असुरा रक्षा ᳪ सिव्वेदिषदः" यह कहकर बायीं तरफ से प्रादेश मात्र नीचे से ऊपर की ओर रेखा करे और जिस कुश स रेखा करे उसको उत्तर की ओर फेक दें। उस रेखा पर एक आग का इगोरा घुमावें। ॐ येरूपाणि प्रतिमुञ्चमानाऽ असुराः सन्तः स्वधया चरन्ति। पुरा पुरो निपुरो येभरन्त्यग्निष्ठाँल्लोकात् प्रणुदात्य-स्मात्।" यह कहकर इगोरा घुमाकर दक्षिण की ओर कुश सहित फेक दें। फिर उस बालू की वेदी पर उत्तर दक्षिण को ओर कुश का आसन बिछा दें।

जप

फिर यज्ञोपवीत दाहिनी तरफ करके "देवताभ्यः पितृभ्यश्च महा-योगिभ्यएवच। नमः स्वाहायै स्वधायै नित्यमेव नमोनमः।"
यह कहै। फिर जनेऊ बायीं तरफ कर ले।

"अवनेजनः"

एक दोनी में तिल, जल, चन्दन, फूल रखकर उस दोनी को बायें हाथ में रखकर, दाहिने हाथ में अक्षत, तिल, जल लेकर "अद्यामुकगोत्र पितरमुकप्रेत आद्यश्राद्धपिण्डस्थानेऽत्रावनेनिक्ष्व ते मया दीयते तवोपति-ष्ठताम्" यह कह कर दोनी का कुछ जल पिंड के स्थान पर गिरा दें और दोनी को पिंड स्थान के उत्तर ओर रख दें।

पिंडदान

तिल, मधु, घी, पञ्च मेवा के साथ एक गोल पिंड बना कर अक्षत सहित हाथ में लेकर "ॐ अद्यामुकगोत्र पितरमुकप्रेत आद्यश्राद्धे एष-पिडस्ते मया दीयते तवोपतिष्ठताम्" यह कह कर पिण्ड रख दें। फिर जिस कुश पर पिण्ड दिया है उसेकी जड़ मे हाथ पोछ लें।

जनेऊ बदल कर भगवान का स्मरण और आचमन करके फिर

जनेऊ, बायीं तरफ करले और "ॐपितर्मादयस्व यथा भागमावृषायस्व" यह कहकर उत्तर की ओर मुख करके श्वासलेकर पितर का ध्यान करते हुये पढ़े "अमीमदन्त पिता यथा भाग मावृषायिष्ट।"

"प्रत्यवनेजन"

जिस दोनी से अवनेजन दिया है उसी को बांयें हाथ में लेकर उसमें जल अक्षत चन्दनादि देकर दाहिने हाथ में अक्षत लेकर "अद्यामुकगोत्र पितरमुकप्रेत आद्यश्राद्धे पिण्डेऽत्र प्रत्यवनेनिक्ष्व ते मया दीयते तवोपतिष्ठताम्" यह कहकर दोनी का जल पिण्ड पर गिरा दे। नीवी को ढीलाकर दे। जनेऊ दाहिनी ओर करके भगवान के स्मरण करके फिर वायीं तरफ बदल ले।

'सूत्रदान'

सूत लेकर 'नमस्तेपिता रसाय नमस्तेपितः शोषाय नमस्तेपितर्जीवाय नमस्तेपितः स्वधायै नमस्तेपितर्घोराय नमस्तेपितर्मन्यवे नमस्तेपितः पितर्नमस्ते गृहान्नः पितर्देहिसतस्ते पितर्देष्मएतत्तेपितर्वासः" यह कह कर दोनों हाथों से सूत चढ़ा दे। फिर अक्षत तिल जल लेकर "अद्यामुकगोत्र पितरमुकप्रेत आद्यश्राद्धपिण्डे एतद्वासस्ते मया दीयते तवोपतिष्ठताम्" यह कहकर अक्षत छिट दे।

पिण्डपूजा

पिण्ड पर जल चन्दन, फूल, धूप, दीप, पान बिना कुछ कहे रख दे। पिण्ड से बचे हुये अन्न पिण्ड समीप पूरब की ओर गिरा दे। फिर भोजन पात्र में "शिबा आपः सन्तु" जल, "सौमनस्यमस्तु" फूल, "अक्षतं चारिष्टमस्तु" अक्षत रख दे। फिर अक्षत जल तिल लेकर "अद्यामुकगोत्र पितरमुकप्रेतस्य आद्यश्राद्धे दत्तमेतदन्नपानादिकमुपतिष्ठताम्" कह कर छिट दे।

जल धारा दान

यज्ञोपवीत दाहिनी ओर बदल कर "ॐ अघोराः पितरः सन्तु" यह कह कर पिण्ड पर जलधारा गिरा दे।

"आशोः प्रार्थना"

पूर्व की ओर मुख कर पिण्ड पर अक्षत गिरावे और मन्त्र बोले "गोत्रंनो वर्द्धन्तां दातारोनोऽभि वर्द्धन्ताम् वेदाः संततिरेवच। श्रद्धा च नोव्यमगद्बहुदेयं च नोऽस्तु। अन्नंनो बहु भवेदतिथींश्चलभेमहि। याचितारश्च नः सन्तु माच याचिष्म किञ्चन। एताः सत्याशिषःसन्तु"। इसके बाद हाथ का कुश निकाल कर पिण्ड पर उत्तर दक्षिण की ओर रख दे।

दुग्ध धारा दान

वायीं ओर यज्ञोपवीत बदल कर दोनी में दूध लेकर "ॐऊर्ज्जंव-हन्तीरमृतङ् घृतम्पयः कीलालं परिश्रुतम् स्वधास्थतर्पयत मे पितरम्" दक्षिण मुहे दूध की धारा गिरा दे। फिर पिण्ड सूँघ कर, कन्धे पर उठावे और मन्त्र "पञ्चक्रोशे गयाक्षेत्रे क्रोशमेकं गयाशिरः। उद्धरेत्सर्वं गोत्राणि कुलमेकोत्तरंशतम्।

पिण्ड स्थान पर शंख गन्ध। इसके बाद जिस कुश पर पिण्ड रखा हुआ है उसको और जिस कुश से भङ्गारभ्रमण किया है उसको भी अग्नि में डाल दे। तब अर्घ्य को उलट दे। फिर हाथ में अक्षत आदि लेकर "अद्यामुकगोत्रस्य पितुरमुकप्रेतस्य कृतैतदाद्यश्राद्धप्रतिष्ठार्थमिदं दक्षिणा-द्रव्यममुकगोत्रायामुकशर्मणे ब्राह्मणाय दातुमहमुत्सृजे" यह कह कर ब्राह्मण को दक्षिणा देकर, ब्राह्मण के दाहिने हाथ पकड़ कर सभी देनेवाली वस्तुओं को स्पर्श करा दे। दीपनिर्वापण (रक्षा दोप को बुताना) दोनों हाथों से रक्षा दीप को बुझावे और मंत्र पढ़े "वाजे-वाजे पतिवाजे" वर्षाशान—ॐ अद्यामुकगोत्रस्य, पितुरमुकशर्मण, वर्षपर्यन्तभोजनाय इदमन्नं सोपस्करसहितं पुरुषकाहारपरिमितं प्रजापतिदैवतं अमुक गोत्रा-यामुकशर्मणे ब्राह्मणाय तुभ्यमहं सम्प्रददे।

फिर हाथ धोकर यज्ञोपवीत दाहिनी ओर करके आचमन भी कर ले और पूर्व की ओर हाथ जोड़कर "ॐप्रमादात् कुर्वतां कर्म प्रच्यवेताध्व-रेषुयत्। स्मरण।देवतद्विष्णोः सम्पूर्णस्यादितिश्रुतिः। यह कहकर सूर्य्य को देखकर ब्राह्मण को प्रणाम करे। इति एकादशाह प्रयोगः समाप्तः।

द्वादशाह की सामग्री

अरवा चावल, गाय का दूध, मीठा, तिल, पञ्चमेवा, नयाकुश, सरसों, मधु, घी, तिलतेल का दीया '१' नया दीया १५, रूई, कपटी १५, पान, फूल, कसईली, चन्दन, कच्चासूत, यव, घी, वेदी के लिये बालू, पिण्ड पर के लिये वस्त्र, यज्ञोपवीत, मधु, पात के लिये—थाली, लोटा, गिलास, आसनी, पञ्चपात्र, रुद्राक्षमाला, आम्रपल्लव, दोनी ५६,

यदि शय्या हो तो खटिया, चाँदनी, बिछौना, ठाकुर-ठकुराईन, इत्यादि।

अथ मासिक श्राद्ध प्रयोग

रक्षा दीप:—तिल के तेल या घी से एक दीप बनाकर नैऋत्य कोण में रखकर एक दूसरे पात्र से ढक दे और मन्त्र पढ़े—'श्राद्धे विघ्नकरा ये च ये च दुष्टाः पिशाचकाः। ते सर्वे भूमितः यान्तु श्राद्धं रक्षन्तु सर्वदा।

फिर हाथ धोकर कुश धारण कर मन्त्र—विरञ्चिना सहोत्पन्नः परमेष्ठी विसर्गज, नुद सर्वाणि पापानि दर्भ स्वस्तिकरो भव" और जिस पात्र से कार्य करना हो उसमें, अक्षत, तिल, जल लेकर "अद्यामुकगोत्रस्य पितुरमुकप्रेतस्य मासिकश्राद्धकरणाय एतत् कर्मपात्रसंकल्पमहंकरिष्ये" यह कहकर अक्षत डाल दे।

उसमें कुश "पवित्रेस्थो वैष्णव्यो सवितुर्वः प्रसव उत्पुनाम्यच्छिद्रेण पवित्रेण सूर्य्यस्य रश्मिभिः" फिर दोनों हाथों से छिपाकर गंगाद्यावाहन "गयादीनि च तीर्थानि ये च पुण्याः शिलोच्चयाः। कुरुक्षेत्रं च गंगां च सर्वपापप्रणाशिनीम् ॥ भद्रावकाशां सरयूं गण्डकीं तमसां तथा। वैष्णवंच बराहंच तीर्थंपिंडारकं तथा ॥ पृथिव्यां यानि तीर्थानि चतुरः सागरांस्तथा। आवाहयामि श्राद्धार्थं श्राद्धं रक्षन्तु ते सदा ॥

सेक:—"ॐ अपवित्रः पवित्रो वा सर्वावस्थां गतोऽपिवा। यः स्मरेत्पुण्डरीकाक्षं स बाह्याभ्यन्तरः शुचिः ॥"

दिग्बन्धन :—बायें हाथ में गौर सरसों लेकर दाहिने हाथ से छिपाकर "नमो नमस्ते गोविन्द पुराणपुरुषोत्तम । इदं श्राद्धं हृषीकेश रक्ष त्वं सर्वतो दिशः" प्राच्यैनमः-पूरब में, अवाच्यैनमः-दक्षिण में, प्रतीच्यैनमः-पश्चिम में, उदीच्यैनमः—उत्तर में, अन्तरिक्षाय नमः—आकाश में, भूम्यै नमः—भूमि में दाहिने हाथ से छिट दे ।

नीवीबन्धन :—तीनकुश, तिल वस्त्र में लपेट कर कमर में दाहिनी ओर रख ले और मन्त्र 'निहन्मि सर्वं यदमेध्यकृद्भवेद्धताश्च सर्वेऽसुरदानवा मया । यक्षाश्च रक्षांसि पिशाचगुह्यका हता मया विघ्नकराश्च सर्वे ।"

विप्रवरण :—ब्राह्मण के माथे पर जल छींट कर तथा पैर धो कर दे और अक्षत, द्रव्य, वस्त्र लेकर "अद्यामुकगोत्रस्य पितुरमुकप्रेतस्य मासिकश्राद्धकर्मणि एभिः द्रव्याक्षतवासोभिः ब्राह्मणत्वेन त्वामहं वृणे" यह कहकर ब्राह्मण के पैर पर रख दे ।

पुरोहित—"वृतोस्मि" कहकर सभी चीजों को लेले ।

सेक—ॐ अपवित्रः पवित्रो वा सर्वावस्थां गतोऽपि वा । यः स्मरेत्पुण्डरीकाक्षं सबाह्याभ्यन्तरः शुचिः" माथे पर जल छींटे ।

संकल्प :—कुश, अक्षत, तिल, जल लेकर "ॐ अद्यामुकगोत्रस्य पितुरमुकप्रेतस्य प्रेतत्वविमुक्तिहेतुकषोडशश्राद्धान्तर्गतप्रथममासिकश्राद्ध महं करिष्ये ।"

जप :—तीन बार "ॐ भूर्भुवः स्वस्तत्सवितुर्वरेण्यं भर्गोदेवस्य धीमहि धियोयोनः प्रचोदयात्" यह जपकर "देवताभ्यः पितृभ्यश्च महायोगिभ्य एव च । नमः स्वाहायै स्वधायै नित्यमेव नमोनमः' तीन बार जपे ।

आसन—यज्ञोपवीत बायीं तरफ बदल कर अक्षत, तिल, जल, तीनकुश लेकर "अद्यामुकगोत्रपितरमुकप्रेत प्रथममासिकश्राद्धे इदमासनं ते मया दीयते तवोपतिष्ठताम्" कुश रख दे ।

आवाहन—दोनों हाथ छानकर "आयन्तु नः पितरः सोम्यासोऽग्निष्वात्ताः पथिभिर्देवयानैः । अस्मिन् यज्ञे स्वधया मदन्तोधिब्रुवन्तु तेवन्त्वस्मान् ।"

तिलक्षेप :—"ॐ अपहताऽसुरा रक्षा ᳪसि व्वेदिषदः" यह कहकर छींट दे।

अर्घ्य :—ताम्बे के अर्घ्य या दोनी में कुश की गेंठी "ॐ पवित्रेस्थो वैष्णव्यौ सवितुर्वः प्रसवऽउत्पुनाम्यच्छिद्रेण पवित्रेण सूर्यस्य रश्मिभिः। तस्य ते पवित्रपते पवित्रपूतस्य यत्कामः पुनेतच्छकेयम्" यह कह कर दे दे। फिर जल "ॐ शन्नोदेवीरभिष्टय आपोभवन्तु पीतये शंय्योरभिस्रवन्तु नः" जल दे दे। फिर तिल "तिलोसि सोमदैवत्यो गोसवो देवनिर्मितः। प्रत्नमद्भिः प्रक्तः स्वधया पितृन्लोकान् प्रीणाहि नः स्वाहा" तिल देदे। चन्दन फूल चुपचाप देकर उस अर्घ्य को बायें हाथ में लेकर उस अर्घ्य मे कुश निकाल कर भोजन पात्र पर रख दे और उस पर लोटे का जल छिट दे और अर्घ्य पात्र को दाहिने हाथ से छिपाकर बोले "ॐ या दिव्याऽआपः पयसा संबभूवुर्याऽअन्तरिक्षाऽउतपार्थिवीर्याः। हिरण्यवर्णायज्ञियास्तानऽआपः शिवा शᳪ स्योना सुहवा भवन्तु" यह पढ़कर दाहिने हाथ में अक्षतादि लेकर "ॐ अद्यामुकगोत्र पितरमुकप्रेत प्रथममासिकश्राद्धे एष हस्तार्घ्यस्ते मया दीयते तवोपतिष्ठताम्" आसन पर कुश की गिरह पर जल गिरादे। गिरहको अर्घ्यमें रखकर उस अर्घ्य को आसन की बायीं ओर उलट दे और "प्रेताय स्थानमसि" यह कहे।

आसन पर—चन्दन, पुष्प, धूप, दीप ताम्बूल, यज्ञोपवीत, वस्त्र विनामन्त्र के रख दे। फिर अक्षत जल लेकर "ॐ अद्यामुकगोत्र पितरमुकप्रेत प्रथममासिकश्राद्धे एतानि गन्धादीनि ते मया दीयन्ते तवोपतिष्ठन्ताम्" छिट दे।

पात्र—थाली, लोटा, गिलास, इत्यादि का दान "अक्षतादि लेकर" ॐ अद्यामुकगोत्र पितरमुकप्रेत प्रथममासिकश्राद्धे भोजनकरणाय भोजनपात्रं, जलपानाय जलपात्रं लघुलजपात्रं च ते मया दीयन्ते तवोपतिष्ठन्ताम्" यह कहकर पात्रों पर अक्षत छिट दे।

मण्डलकरण—जल से आसन और भोजन पात्र को घेर दे और मन्त्र पढ़े "यथा चक्रायुधो विष्णुस्त्रैलोक्यं परिरक्षति। एवं मंडलतोयन्तु सर्वभूतानि रक्षतु"

भूस्वामी—एक दोनी में अन्न लेकर "ॐ इदमन्नमेतद्भूस्वामिपितृभ्यो नमः' आसनके दक्षिण ओर रख दे और अन्न पर मधु दे दे। फिर थोड़ा अन्न निकाल भोजनपात्र में (आसन के समीप पत्ते पर, रख दे और उस पर मधु दें "ॐ मधुव्वाताऋतायते मधुक्षरन्ति सिन्धवः। माध्वीर्नः सन्त्वोषधीः। मधुनक्तमुतोषसो मधुमत् पार्थिव ᳪ रजः। मधुद्यौरस्तुनः पिता। मधुमान्नो व्वनस्पतिर्मधुमाँऽ अस्तु सूर्य्यः माध्वीर्गावो भवन्तुनः" मधुमधु। घृत, जल, देकर दो दोनी और रखकर दोनो हाथों से छिपा कर "ॐ पृथिवीते पात्रं द्यौरपिधानं ब्राह्मणस्य मुखे अमिते अमृतं जुहोमि स्वाहा" ॐइदं विष्णुर्विचक्रमे त्रेधा निदधे पदं समूढ़मस्यपा ᳪसुरेस्वाहा" कृष्णकव्यमिदं रक्षमदोयं" यह कहकर दाहिने हाथ के अंगूठे से "ॐ इदमन्नम्" अन्नको ॐ इमाआपः जलको ॐ इदमाज्यम् घीको ॐ इदं कव्यम् मधु को स्पर्श करे।

तिलक्षेप—ॐ अपहताऽ असुरा रक्षा ᳪसि व्वेदिषदः" यह कहकर अन्न पर तिल छिट दे। फर अक्षतादि लेकर "अद्यामुकगोत्र पितरमुकप्रेत प्रथममासिकश्राद्धे इदमन्न सोपकरणं ते मयादीयते तवोपतिष्ठताम्" यह कहकर छिट दे।

मन्त्रजप—जनेऊ दाहिनी तरफ करके "ॐ भूर्भुवः स्वस्तत्सवितुर्वरेण्यं भर्गोदेवस्य धीमहि धियो योनः प्रचोदयात्" मधुव्वाता ऋतायते मधुक्षरन्ति सिन्धवः। माध्वीर्नः सन्त्वोषधीः मधुनक्तमुतोषसो मधुमत्पार्थिव ᳪ रजः। मधुद्यौरस्तुनः पिता। मधुमान्नोव्वनस्पतिर्मधुमाँअस्तु सूर्य्यः माध्वीर्गावो भवन्तुनः। अन्नहीनं क्रियाहीनं विधिहीनंच यद्भवेत्। तत्सर्वमच्छिद्रमस्तु" यह कहकर मंत्रों का पाठ करे:-ॐकृणुष्वपाजः प्रसृतिन्न पृथ्वीं याहि राजेवामत्रा शाऽमेन। तृष्वो मनुप्रसितिन्द्रू णनोस्ता सिव्विद्धय रक्षसस्तपिष्ठैः॥ इत्यादि तिल छिटकर "ॐ सहस्रशीर्षा पुरुषः सहस्राक्षः सहस्रपात्। सभूमि ᳪ सर्वतस्पृत्वा त्यतिष्ठद्दशाङ्गुलम्" इत्यादि पुरुषसूक्त 'नमस्तुभ्यं विरूपाक्ष नमस्तेऽनेकचक्षुषे। नमः पिनाकहस्ताय वज्रहस्ताय वैनमः" यह पढ़े।

विकिरासन—यज्ञोपवीत बायीं तरफ करके तीन कुश के सहित

अक्षतादि लेकर "असंस्कृतप्रमीतानां त्यागिनां कुलभागिनामुच्छिष्ट भाग-धेयानां दर्भेषु विकिरासनम्" पश्चिम की ओर, जड़ उत्तर आगे का भाग दक्षिण की ओर करके रख दे।

विकरा का अन्न—अन्न, तिल जल घृत सहित हाथ में लेकर "अग्निदग्धाश्च ये जीवा येऽप्रदग्धा कुले मम। भूमौ दत्तेन तृप्यन्तु तृप्ता-यान्तु परां गतिम्" यह कहकर कुशासन पर गिरा दे। और हाथ की अँगूठी इत्यादि उसी जगह रखकर हाथ धोले और यज्ञोपवीत दहिनी ओर करके भगवान् के स्मरण करके फिर वायीं तरफ करले। फिर पिण्ड देने के लिये बालू की वेदी बनाकर वायीं तरफ से प्रादेश मात्र नीचे से ऊपर की ओर रेखा करे और मन्त्र पढ़ "ॐ अपहताऽसुरा रक्षा ँ सिवेदिषदः और जिस कुश से रेखा करे उसको उत्तर की ओर फेक दे।

अंगार भ्रमण—रेखा पर आग का इंगोरा धुमावे "ॐ येरूपाणि प्रतिमुञ्चमानाऽ असुराः सन्तः स्वधया चरन्ति। परा पुरोनिपुरो येभरन्त्य-ग्निष्टाँल्लोकात्प्रणु दात्यस्मात्" यह कहकर कुश सहित दक्षिण की ओर छोड़ दे फिर उस बालू पर उत्तर दक्षिण की ओर करके कुशासन दे।

जप—जनेऊ दाहिनी ओर करके "देवताभ्यः पितृभ्यश्च महायोगिभ्य एवच। नमः स्वाहायै स्वधायै नित्यमेव नमोनमः।" फिर जनेऊ वायीं तरफ करले।

अवनेजन:—दोनी में तिल, अक्षत, चन्दन, जल लेकर 'अद्यामुक-गोत्र पितरमुकप्रेत प्रथममासिकश्राद्धे पिण्डस्थानेऽत्रावनेनिक्ष्व ते मया दीयते तवोपतिष्ठताम्" बालूपर रखे हुए कुशपर दोनो का जल गिरा कर उस दोनीं को बालू वेदी के उत्तर तरफ रख दे।

पिण्ड—गोल पिंड बनाकर अक्षत जल लेकर—"अद्यामुकगोत्रपितर-मुकप्रेत प्रथममासिकश्राद्धे एष पिण्डस्ते मया दीयते तवोपतिष्ठताम्" यह कहकर पिंड रख दे। फिर जिस कुश पर पिण्ड दिया है उसकी जड़ से हाथ पोछ ले। फिर जनेऊ दाहिनी ओर करके भगवान का स्मरण करे फिर वायीं तरफ करके दक्षिण ओर मुख करके "ॐ अत्र पितर्मादयस्व यथाभागमावृषायस्व" यह पढ़े। फिर उत्तर ओर मुख कर स्वांस लेकर

पितर का ध्यान करते हुये पढ़े "अमीमदन्त पिता यथाभागमा-वृषायिष्ट।"

प्रत्यवनेजन :—जिस दोनी से अवनेजन दिया है उसीको बाएँ हाथ में लेकर उसमें जल अक्षत चन्दनादि देकर और दाहिने हाथ में अक्षत लेकर "ॐ अद्यामुकगोत्रपितरमुकप्रेत प्रथम मासिकश्राद्धपिण्डेऽत्रप्रत्यवने-निक्ष्व ते मया दीयते तवोपतिष्ठताम्" यह कहकर दोनी का जल पिंडपर गिरादे। नीवी को ढीला करदे। फिर दाहिना ओर जनेऊ बदल कर भगवान का स्मरण करके फिर बायीं तरफ करले।

सूत्रदान :—सूत लेकर "नमस्ते पिता रसाय नमस्ते पितः शोषाय नमस्ते पितर्जीवाय नमस्ते पितः स्वधायै नमस्ते पितर्घोराय नमस्ते पितः मंन्यवे नमस्ते पितः पितर्नमस्ते गृहान्नः पितर्दहि सतस्ते पितर्द्वेष्म एतत्ते पितर्वासः" यह कहकर दोनो हाथों से सूत चढ़ा दे। फिर अक्षत तिल जल लेकर "अद्यामुकगोत्रपितरमुतप्रेत प्रथममासिकश्राद्धपिंडे एतद्वा-सस्ते मया दीयते तवोपतिष्ठताम्" कहकर अक्षत छोट दे।

पिण्डपूजा—पिंड पर चन्दन पुष्प रख दे और धूप दे दे। पिंड से बचे हुये अन्न को पिंड समीप में छीट दे और कहे "लेपभागभुजस्तृप्यन्तु" फिर भाजन पात्र में ॐ शिवा आपः सन्तु, जल ॐ सोमनस्यमस्तु, अक्षत रख दे। फिर अक्षत जल लेकर ॐ अद्यामुकगोत्रस्य पितुरमुकप्रेतस्य प्रथममासकश्राद्धे दत्तमेतदन्नपानादिकमुपतिष्ठताम्" कह कर छोट दे।

जलधारादान—जनेऊ दाहिनी ओर करके "अघाराः पितरः सन्तु" यह कहकर पिड पर जल गिरा दे।

आशीः प्रार्थना :—पूर्व को ओर मुख करके पिण्ड पर अक्षत गिरावे और मन्त्र बोले "गोत्रं नो वर्द्धतां दातारो नोभिवर्द्धन्तां वेदाः सन्ततिरेव च। श्रद्धा च नोव्यगमद्बहुदेयं च नोस्तु। अन्नं नो बहुभवेदतिथींश्च लभेमहि। याचितारश्च नः सन्तु माच याचिष्म कञ्चन एतासत्याशिषः सन्तु" इसके बाद हाथ का कुश निकाल कर उत्तर दक्षिण को ओर रख दे।

दुग्धधारादानम्—बायीं ओर यज्ञोपवीत वदल कर दोनी में दूध लेकर

'ॐ उर्ज्जं ब्वहन्तीरमृतङ्घृतम्पयः कीलालम्परिश्रुतम् स्वधास्थ तर्पयत् मेपितरम्" दक्षिण की ओर दुग्ध गिरा दे। फिर पिण्ड को सूंघकर कन्धे पर उठावे और मन्त्र बोले "पञ्चक्रोशे गयाक्षेत्रे क्रोशमेकं गयाशिरः। उद्धरेत्सर्वगोत्राणि कुलमेकोत्तरं शतम्।" पिंडस्थानपर शंख, चक्र, गदा, पद्म लिख दे और जिस कुश पर पिण्ड रखा हुआ है उसको और जिस कुश से अङ्गार भ्रमण किया है उसको भी अग्नि में डाल दे। अर्घ्यपात्र को उलट दे। फिर हाथ मे अक्षत जल लेकर 'ॐ अद्यामुकगोत्रस्य पितुरमुकप्रेतस्य कृतैतत्प्रथममासिकश्राद्धप्रतिष्ठार्थमिथं रजतं चन्द्रदैवतं यथानामगोत्राय ब्राह्मणाय दातुमहमुत्सृजे"। ब्राह्मण को दक्षिणा देकर और ब्राह्मण के दाहिने हाथ पकड़ कर सभी देने वाली वस्तुओं को स्पर्श करा दे।

फिर यज्ञोपवीत दाहिनी ओर करके "देवताभ्यः पितृभ्यश्च महायोगिभ्य एव च। नमः स्वाहायै स्वधायै नित्यमेव नमोनमः" इसीतरह से चौदहो पिंडा करे अन्त में वायीं ओर जनेऊ करके दीपनिर्बाण—दोनो हाथों से रक्षादीप को बुझावे और मन्त्र पढ़े "वाजे वाज प्रतिवाजे"

फिर हाथ धोकर जनेऊ दाहिनी ओर करके आचमन भी करले और पूर्व की ओर हाथ जोड़कर 'ॐ प्रमादात्कुर्वतां कर्म प्रच्यवेताध्वरेषु यत्। स्मरणादेव तद्विष्णोः सम्पूर्णं स्यादितिश्रुतिः" यह कहकर सूर्य को देखकर ब्राह्मण को प्रणाम करे।

अथ सपिंडन श्राद्धप्रयोगः

यजमान श्राद्धभूमि में आकर पूरब की ओर एक ढ़कने में पितरों के लिये और पश्चिम की ओर एक ढकने में प्रेत के लिए पाक बनावे और एक दूसरे के साथ स्पर्श न होने दे।

रक्षादीप—तिल के तेल या घी से पांच दीप पितर और प्रेत के सामने दक्षिण की ओर बार दे !

कर्मपात्र—हाथ धोकर कुश धारण करके अक्षत तिल जल लेकर "अमुक गोत्रोऽहममुकशर्म्माहममुकगोत्रस्य पितुरमुकप्रेतस्य सपिण्डन-श्राद्धकरणाथ एतत् कर्मपात्रसंकल्पं करिष्ये" यह कहकर जिस पात्र से कर्म करना हो उसमें डाल दे। उसमें कुश दे, मन्त्र "ॐ पवित्रस्यो वैष्णव्यो सवितुर्वः प्प्रसवऽउत्पुनाभ्यच्छिद्रेण पवित्रेण सूर्य्यस्य रश्मिभिः। तस्यते-पवित्रपते पवित्रपूतस्य यत्कामः पुनः तच्छकेयम्"।

पुनः दोनों हाथों से उस पात्र को छिपाकर गंगाद्यावाहन 'गयादि नि च तीर्थानि येचपुण्याःशिलोच्चयाः। कुरुक्षेत्रंचगंगांच सर्वपापप्रणाशिनीम्। भद्रावकाशां सरयूं गंडकी तमसां तथा। वैष्णवं च वराहं च तीर्थंपिडारकं तथा। पृथिव्यां यानि तीर्थानि चतुरः सागरांस्तथा। आवाहयामि श्राद्धार्थं श्राद्धं रक्षन्तु ते सदा। तिल-ॐ तिलोसि सोमदैवत्यो गोसवो देवनिर्मितः प्रत्नमद्भिः प्रक्तः स्व। पितृँल्लोकान् प्रीणाहि नः स्वाहा। चन्दन फूल, भी दे दे।

दिग्बन्धन—वायें हाथ में गौर सरसों लेकर दाहिने हाथ से छिपाकर "ॐ नमो नमस्ते गोविन्द पुराण पुरुषोत्तम। इदं श्राद्धं हृषीकेश रक्ष त्वं सर्वतोदिशः। यह कहकर ॐ प्राच्यैनमः, पूरब में, ॐ अवाच्यै नमः, दक्षिण में, ॐप्रतीच्यैनमः, पश्चिम में, ॐ उदीच्यैनमः, उत्तर में छीट दे।

नीवीबन्धन—आम के पत्ते की दोनी बनाकर उसमें तिल कुश अक्षत देकर दाहिनी ओर कमर में रख ले और मन्त्र 'निहन्मि सर्व यदमेध्य-

कृ-ङ्.वेद्धताश्चसर्वेऽसुरदानवा मया। यक्षाश्चरक्षांसि पिशाचगुह्यका हता मया विघ्नकराश्च सर्वे।"

विप्रवरण—ब्राह्मण के माथे पर जल छींट कर पैर धोकर चन्दन करदे हाथ में अक्षत द्रव्य वस्त्र लेकर 'अद्यामुकगोत्रः अमुकशर्माहमगुकगोत्रस्यामुकप्रेतस्य सपिण्डीकरणश्राद्धकर्मणि एभिः द्रव्याक्षतवासोभिः पुरोहितत्वेनत्वामहं वृणे" यह कहकर पैर पर रख दे।

श्राद्धभूमि पूजा—यव और फूल से "श्राद्धभूम्यै नमः" यह कहकर पूजा करे।

सेक—ॐ अपवित्रः पवित्रो वा सर्वावस्थां गतोपिवा। यःस्मरेत्पुंडरीकाक्षं सबाह्याभ्यन्तरः शुचिः।

संकल्प—अद्यामुकगोत्रः अमुकशर्म्मा अमुकगोत्रस्य पितुरमुकप्रेतस्य प्रेतत्वविमुक्तिहेतुकषोड़शश्राद्धान्तर्गत सपिण्डीकरणश्राद्धमहं करिष्ये।

जप—ॐ देवताभ्यः पितृभ्यश्च महायोगिभ्य एवच। नमः स्वाहायै स्वधायै नित्यमेव नमोनमः। तीन बार जपे।

विश्वेदेवा की पूजा

आवाहन—यजमान उत्तर की ओर मुखकर बैठे ओर प्रेतवेदी से पश्चिम ओर विश्वेदेव के लिये आसन तीन कुश का जड़ पश्चिम और फुंगनी पूरब की ओर रख दे। यव जल लेकर "ॐ अद्यामुकगोत्रस्य पितुरमुकप्रेतस्य सपिण्डीकरणनिमित्तकामुकगोत्राणां पितामहप्रपितामहवृद्धप्रपितामहानाममुकामुकशर्म्मणां श्राद्धसम्बन्धिनो विश्वेदेवा इदमासनं वो नमः" यह कहकर यव छींट दे।

आवाहनः—"विश्वान् देवानावाहयिष्ये ॐ विश्वेदेवासऽआगत शृणुत मऽइम ँ हवम्।" एदम्बर्हिन्निषीदत, "ॐ यवोऽसि यवयास्मद्द्वेषो यवयारातीः" कह कर यव छीट दे।

मन्त्रपढ़े—ॐ विश्वेदेवा शृणुतेम ँ हवम्मेये अन्तरिक्षेयऽउपद्यविष्ट। ये अग्निजिह्वाऽ उतवा यजत्राऽ आसद्यास्मिन्न्वर्हिषिमादयध्वम्'। आग-

च्छन्तुमहाभागा विश्वेदेवा महाबला। येचात्र विहिता: श्राद्धे सावधाना भवन्तु ते।

अर्घ्य—आम के पत्ते की दोनो में या मिट्टी तामे के पात्र में कुश की गिरह दे-"पवित्रेस्थो वैष्णव्या सवितुव: प्प्रसवऽ!उत्पुनाम्यच्छिद्रेण पवित्रेण सूर्य्यस्यरश्मिभि:। तस्यते पवित्रपते पवित्रपूतस्य यत्काम: पुन: तच्छकेयम्।

जल—ॐ शन्नादेवोरभिष्टय आपो भवन्तु पोतये, शँय्योरभिश्रवन्तु न:, जलदे।

यव—"यवोसि यवयास्मद्वेषो यवयारातो:" यव दे। चन्दन फूल भी चुप चाप दे दे। उस अर्घ्य को बायें हाथ में रखकर गिरह का भोजन पात्र में (अर्थात् आसन के सन्निकट रक्खे पत्ते पर रख दे। उस पर थोडा जल गिरा दे और अर्घ्य को दाहिने हाथ से छिपा कर ॐ या दिव्याऽ आप: पयसा सम्बभूवुर्याऽ अन्तरिक्षाऽउत पार्थिवोर्य्या। हिरण्यवर्णा यज्ञियास्तानऽ आप: शिवा: श ५ स्योना सुहवा भवन्तु। यह पढ़ कर फिर मोटक यव जल लेकर ॐ अद्यामुकगोत्रस्य पितुरमुकप्रेतस्य सपिण्डीकरणनिमित्तकामुकगोत्राणां पितामहप्रपितामहवृद्धप्रपितामहानाममुकामुकशर्म्मणां श्राद्धसम्बन्धिनोबिश्वेदेवा एष वो हस्तार्घ्योनम: "भोजन पात्र में रखी हुई गिरह पर जल गिरा दे। फिर गिरह को अर्घ्य में रखकर ॐ विश्वेभ्यो देवेभ्य: स्थानमसि" कहकर आसन को दाहिनी ओर रख दे।

आसनस्थकुश की पूजा—आसन पर जल, चन्दन फूल चढ़ा दे धूप दे दे दीप बार दे। फिर अक्षतमोटक यव लेकर ॐ अद्यामुकगोत्रस्य पितुरमुकप्रेतस्य सपिण्डीकरणनिमित्तकामुकगोत्राणां पितामहप्रपितामहवृद्धप्रपितामहानाममुकामुकशर्म्मणां श्राद्धसम्बन्धिनो विश्वेदेवा एतानि गन्धपुष्पधूपदीपताम्बूलयज्ञोपवीतवासांसि वो नम:" यव छीट दे।

पात—थाली लोटा गिलास इत्यादि का दान यव जल लेकर "ॐ अद्यामुकगोत्रस्य पितुरमुकप्रेतस्य सपिण्डीकरणनिमित्तकामुकामुकशर्म्मणां

पितामहप्रपितामवृद्धप्रपितामहानाममुकामुकशर्म्मणां श्राद्धसम्बन्धिनो विश्वेदेवा एतानि जलपात्रभोजनपात्रलघुपात्रादीनि वो नमः।

मण्डलकरण—जल से आसन और भोजन पात्र को घेरे और मन्त्र पढ़े "यथा चक्रायुधो विष्णुस्त्रैलोक्यं परिरक्षति। एवं मण्डलतोयन्तु सर्वभूतानिरक्षतु।

भूस्वामी—जनेऊ वायीं ओर करके एक दोनी में थोड़ा अन्न लेकर "इदमन्नमेतद्भूस्वामी पितृभ्यो नमः" यह कह कर रख दे। फिर जनेऊ दाहिनी ओर करके थोड़ा अन्न निकालकर भोजन पात्र में रख दे और एक दोनी में घृत और एक दोनी में जल रखकर अन्न पर मधु दे—'मधुव्वाताऽ ऋतायते मधुक्षरन्ति सिन्धवः। माध्वीर्न्नः सन्त्वोषधी। मधुनक्तमुतोषसो मधुमत्पार्थिवꣳरजः॥ मधुद्यौरस्तुनः पिता। मधुमान्नो-व्वनस्पतिर्म्मधुमाँऽ अस्तु सूर्य्यः। माध्वीर्गावो भवन्तु नः॥ मधु मधु, यह कहे। फिर अन्न पात्र को दोनों हाथों से छिपा कर मन्त्र ॐ पृथिवी ते पात्रंद्यौरपिधानं ब्राह्मणस्य मुखेऽमृतेऽमृतं जुहोमि स्वाहा ॐ इद विष्णुर्विचक्रमे त्रेधा निदधे पदम्। समूढमस्यपाꣳ सुरे स्वाहा "कृष्णहव्यमिदं रक्षमदीयम्" ॐ इदमन्न यह कह कर अन्न में। ॐ इमाआपः, जल में, ॐइदमाज्यम्, घृत में। ॐ इदंहविः फिर अन्न में दाहिने हाथ का अँगूठा लगावे।

यव—ॐ यवोऽसि यवयास्मद्द्वेषो यवया रातीः" अन्न पर छीट दे।

फिर यव जल कुश लेकर—ॐ अद्यामुकगोत्रस्य पितुरमुकप्रेतस्य सपिंडीकरणनिमितकामुकगोत्राणां पितामहप्रपितामहवृद्धप्रपितामहानाममुकामुकशर्म्मणां श्राद्धसम्बन्धिनो विश्वेदेवा एतद्वोन्नं सोपकरणं नमः" देवकृत्यसमाप्त कर दे।

अथप्रेत प्रक्रिया—हाथ पैर धोकर जनेऊ वायीं ओर करके मोटक तिल जल लेकर "ॐ अद्यामुकगोत्र पितरमुक प्रेत सपिंडीकरणश्राद्धे इदमासनं ते मया दीयते तवोपतिष्ठताम्" आसन दें।

तिल—"ॐ अपहताऽ असुरा रक्षाꣳसि वेदिषदः" तिल छीट दे।

ॐ आयन्तु नः पितरः सोम्यासोऽ अग्निष्वात्ताः पथिभिर्देवयानैः। अस्मिन्न्यज्ञे स्वधया मदन्तोऽधिब्रुवन्तु तेऽवन्त्वस्मान्" पढ़ें।

अर्घ्यं :—आम के पत्ते की दोनो में कुश को गिरह :—पवित्रे स्थो वैष्णव्यो सवितुर्वः प्प्रसव उत्पुनाम्यच्छिद्रेण पवित्रेण सूर्य्यस्य रश्मिभिः। तस्य ते पवित्रपते पवित्रपूतस्य यत्कामः पुनः तच्छकेयम्।

जल :—शन्नोदेवीरभिष्टय आपो भवन्तु पीतये शंय्योरभिश्रवन्तु नः, जल दें।

तिल :—तिलोऽसि सोमदैवत्यो गोसवो देवनिर्मितः। प्रत्नमद्भिः प्रत्तः स्त्रवया पितॄँल्लोकान् प्रीणाहि नः स्वाहा, तिल दें। चन्दन-फूल भी चुपचाप दे दें। अर्घ्य को बाँये हाथ में लेकर कुश को गिरह को भोजन-पात्र में रखकर उसपर थोड़ा जल देकर दाहिने हाथ से छिपाकर :—ॐ या दिव्याऽआपः पयसा सम्बभूवुर्याअन्तरिक्षाऽउत पार्थिवीर्य्याः। हिरण्यवर्णा यज्ञीया स्तानऽआपः शिवा शꣳ स्योना सुहवा भवन्तु. यह कहकर फिर मोटक तिलजल लेकर :—ॐ अद्यामुकगोत्रपितरमुकप्रेतसपिंडीकरणश्राद्धे एष हस्तार्घ्यस्ते मया दीयते तवोपतिष्ठताम्, यह कहकर अर्घ्य का जल कुश पर गिरा दे। कुशको गिरह अर्घ्य में रखकर आसनको बायीं ओर उलट दे।

पितामहप्रपितामहादि का आसनादि

जनेऊ बायीं ओर करके मोटक तिल-जल लेकर :–ॐ अद्यामुकगोत्रस्य पितुरमुकप्रेतस्य सपिंडीकरणनिमित्तकश्राद्धे अमुकगोत्रपितामह अमुकशर्म्मन् इदमासनं ते स्वधा, फिर मोटकादि लेकर :—ॐ अद्यामुकगोत्रस्य पितुरमुकप्रेतस्य सपिंडीकरणनिमित्तकश्राद्धे अमुकगोत्रप्रपितामह अमुकशर्म्मन् इदमासनं ते स्वधा फिर मोटकादि लेकर :—"ॐ अद्यामुकगोत्रस्य पितुरमुकप्रेतस्य सपिंडीकरणनिमित्तकश्राद्धे अमुकगोत्रवृद्धप्रपितामह इदमासनं ते स्वधा।

आवाहन :—ॐ पितॄनावाहयिष्ये ॐ उशन्तस्त्वा निधीमह्युशन्तः समिधीमहि। उशन्नुशतऽआवह पितॄन् हविषेऽअत्तवे।

तिल :—ॐ अपहताऽ असुरा रक्षा ँ सि व्वेदिषदः, यह कहकर तोनों स्थानों पर तिल छींट दे।

अर्घ्य :—तोन दोनी में कुश को गेठी—ॐ पवित्रेंस्थो वैष्णव्यो सवितुर्वः प्रसवउत्पुनाम्यच्छिद्रेण पवित्रेण सूर्य्यस्य रश्मिभिः। तस्य ते पवित्रपते पवित्रपूतस्य यत्कामः पुने तच्छकेयम् यह कहकर दे दे।

जल—ॐ शन्नोदेवीरभिष्टय आपो भवन्तु पीतये शंय्योरभिश्रवन्तु नः, जल दे।

तिल :—तिलोऽसि सोमदैवत्यो गोसवो देवनिर्मितः। प्रत्नमद्भिः प्रत्तः स्वधया पितॄँल्लोकान् प्रीणाहिनः स्वाहा, तिल दे। चन्दन-फूल चुपचाप देकर पितामह अर्घ्य को बायें हाथ में लेकर पवित्र को भोजनपात्र में रखकर उसपर जल दे दे और उसको दाहिने हाथ से छिपाकर मन्त्र :—ॐ या दिव्याऽआपः पयसा सम्बभूवुर्याऽअन्तरिक्षाऽउत पार्थिवीर्य्याः। हिरण्यवर्णा यज्ञोयास्तानऽआपः शिवाश ँ स्योना सुहवा भवन्तु, यह कहकर दाहिने हाथ में अक्षत लेकर :—ॐ अद्यामुकगोत्रस्य पितुरमुकप्रेतस्य सपिंडीकरणनिमित्तश्राद्धे अमुकगोत्रपितामह अमुकशर्म्मन् एष ते हस्तार्घ्यः स्वधा" पवित्र पर अर्घ्यजल देकर अर्घ्य पितामह आसन के नजदोक उलट दे। फिर प्रपितामह अर्घ्य को बायें हाथ में लेकर:—ॐ या दिव्या आपः पयसा सम्बभूवुर्याऽअन्तरिक्षाऽउतपार्थिवोर्याः। हिरण्यवर्णा यज्ञीयास्तानऽआपः शिवा श ँस्योना सुहवा भवन्तु फिर अक्षतादि लेकर :—ॐ अद्यामुकगोत्रस्य पितुरमुकप्रेतस्य सपिंडीकरण निमित्तकश्राद्धे अमुकगोत्र प्रपितामह अमुक शर्म्मन् एष ते हस्तार्घ्यः स्वधा" इस अर्घ्य को प्रपितामह आसन के नजदोक उलट दे। फिर वृद्धप्रपितामह का अर्घ्य वाम हाथ में लेकर :—या दिव्या आपः इत्यादि कह कर अक्षतादि लेकर :—ॐ अद्यामुकगोत्रस्य पितुरमुकप्रेतस्य सपिंडोकरणनिमित्तकश्राद्धे अमुकगोत्र वृद्धप्रपितामह अमुकशर्म्मन् एष ते हस्तार्घ्यः स्वधा, यह कहकर पवित्र पर जल गिराकर अर्घ्य को वृद्धप्रपितामह के आसन के नजदोक उलट दे। दाहिनी ओर जनेऊ करके आचमन कर फिर बायीं ओर कर ले।

पितामह, प्रपितामह, वृद्धप्रपितामह के उत्तर सामने तीन कपटी या पटक, जिसमें जल रह सके, रख दे। उसमें जल-कुश का गिरह दे दे।

फिर प्रेत के अर्घ्यपात्र को लेकर :—ॐ ये समानाः समनसः पितरो यमराज्ये। तेषांल्लोकः स्वधा नमः यज्ञोदेवेषुकल्पताम्। ये समानाः समनसो जीवा जीवेषु मामकाः। तेषा ँ श्रीर्मयि कल्पतामस्मिल्लोके शत ँ समाः, यह कहकर प्रेत के अर्घ्य का तीसरा भाग जल पितामह की कपटी में, फिर दोनों मन्त्रों को पढ़कर प्रेतार्घ्य का थोड़ा जल प्रपितामह को कपटी में फिर दोनो मन्त्रों को कहकर प्रेतार्घ्य का बचा हुआ जल बृद्ध प्रपितामह की कपटी में दे दे। फिर पितामह कपटी का जल प्रेत-अर्घ्यपात्र में रखकर "ॐ ये समाना समनसः" इत्यादि पढ़कर प्रेत-अर्घ्यपात्र का जल पितामह अर्घ्यपात्र में मिलावे, फिर प्रपितामह-कपटी का जल प्रेतार्घ्य-पात्र में रखकर "ये समानाः" इत्यादि मन्त्र पढ़-कर प्रेतार्घ्य का जल प्रपितामह-अर्घ्यपात्र में मिलावे, फिर वृद्ध प्रपिता-मह का कपटी का जल प्रेतार्घ्य-पात्र में रखकर "ॐ ये समानाः समनसः" इत्यादि मन्त्र पढ़कर वृद्धप्रपितामह के अर्घ्य में मिलावे, फिर प्रेतार्घ्य-पात्र को प्रेतासनवामपार्श्वं में "पित्रेस्थानमसि" कहकर उलट कर रख दे।

फिर वृद्ध प्रपितामह के अर्घ्य का जल प्रपितामह के अर्घ्य में देकर और प्रपितामह के अर्घ्य का सब जल पितामह के अर्घ्य पात्र में दे दे।

फिर पितामह-अर्घ्यपात्र को प्रपितामह-अर्घ्यपात्र पर रख दे, फिर इन दोनों अर्घ्यपात्रों को वृद्ध प्रपितामह के अर्घ्य पर रख दे, इन तीनों अर्घ्यपात्रों को "पितामहादिभ्यः स्थानमसि" यह कहकर पितामहादि के वामपार्श्व में उलट दे।

फिर प्रेतासन पर, गन्ध, पुष्प, धूप, दीप, ताम्बूल, यज्ञोपवीत, वस्त्र चढ़ाकर, मोटक तिलजल लेकर "ॐ अद्यामुकगोत्रपितरमुकप्रेतसपिंडी-करणश्राद्धे एतानि गन्धपुष्पधूपदीप ताम्बूलयज्ञोपवीतवासांसि ते मया दीयन्ते तवोपतिष्ठन्ताम्॥

फिर पितामह, प्रपितामह, वृद्धप्रपितामह के आसन पर गन्ध, पुष्प, धूप, दीप, ताम्बूल यज्ञोपवीत, वस्त्र चढ़ाकर, अक्षतादि लेकर "ॐ अद्या-

मुक गोत्रस्य पितुरमुकप्रेतस्य सपिंडीकरणनिमित्तकश्राद्धे अमुकगोत्र पितामह अमुक शर्मन् अमुकगोत्र प्रपितामह अमुकशर्म्मन् अमुकगोत्र वृद्धप्रपितामह अमुकशर्म्मन् एतानि गन्धादीनि तेभ्यः स्वधा।

पात्रः:—थाली, लोटा, इत्यादि का दान "ॐ अद्यामुकगोत्रपितरमुकप्रेतसपिण्डीकरणनिमित्तकश्राद्धे एतानि जलपात्रभोजनपात्रादीनि ते मया दीयन्ते तवोपतिष्ठन्ताम्" यह कहकर अक्षत छोंट दे। इसी तरह पितामहादि के लिये भी देकर संकल्प—"ॐ अद्यामुकगोत्रस्य पितुरमुकप्रेतस्य सपिण्डीकरणनिमित्तकश्राद्धे एतानि जलपात्रभाजनपात्रादीनि मया दीयन्ते तेभ्यः स्वधा।

मण्डलकरणं:—प्रेतासन, भोजनपात्र को जल से घेरै और मन्त्र:—यथाचक्रायुधो विष्णुस्त्रैलोक्यं परिरक्षति एवं मण्डलतोयन्तु सर्वभूतानि रक्षतु" इसी तरह पितामह आदि के आसन-भोजनपात्र को भी घेर दे और वही मन्त्र पढ़े 'यथाचक्रायुधः' इत्यादि।

जनेऊ दाहिनी ओर करके पूरब की ओर होकर दाहिना पैर गिराकर किसी पात्र में अन्न लेकर पुटक (कपटी में) दो-दो बार दे, और कहे "ॐ अग्नये कव्यवाहनाय स्वाहा" "ॐ सोमाय पितृमते स्वाहा"

अन्नपरिवेषण:—प्रेत की कपटी से अन्न लेकर प्रेतपात्र में दे दे और एक दोनी में घृत, एक दोनी में जल रख दे, फिर अन्न पर मधु दे और मन्त्र बोले:—'मधुव्वाताऽऋतायते मधुक्षरन्ति सिन्धवः माध्वीर्नः सन्त्वोषधीः। मधुनक्तमुतोषसो मधुमत्पार्थिव ँ रजः॥ मधु द्यौरस्तु नः पिता मधुमान्नोवनस्पतिर्म्मधुमाँऽअस्तुसूर्य्यः माध्वीर्गावो भवन्तुनः॥ मधु मधु, यह कहे। फिर अन्नपात्र को दोनों हाथों से छिपाकर मन्त्र:—"ॐ पृथिवीते पात्र द्यौरपिधानं ब्राह्मणस्य मुखेऽमृतेऽमृतं जुहोमि स्वाहा", "ॐ इदं विष्णुर्विचक्रमे त्रेधा निदधे पदम्। समूढमस्य पा ँ सुरे स्वाहा" "कृष्ण हव्यमिदं रक्ष मदीयम्" "ॐ इदमन्नम्" यह कहकर अन्न में, ॐ इमाः आप जल में ॐ इदमाज्यम् घी मे, इदं हविः फिर अन्न में दाहिने हाथ का अँगूठा लगावे। फिर पितामहादि को कपटी से अन्न लेकर, पितामह के भाजनपात्र में, फिर, प्रपितामह के भोजनपात्र में फिर

वृद्धप्रपितामह के भोजनपात्र में दे दे ! एक दानो में घृत, एक दानो में जल, दो-दो दोनी पितामह प्रपितामह, वृद्ध प्रपितामह के समीप रख दे, प्रत्येक पर मधु "मधुव्वाता ऋतायते" इत्यादि कहे, फिर अन्नपात्र को हाथों से छिपाकर "पृथिवी ते पात्रम्" इत्यादि मन्त्र कहे। फिर ॐ इदं विष्णुर्विचक्रमे" इत्यादि कहकर "ॐ कृष्ण कव्यमिदम् , ॐ इदमन्नम् , अन्न में, ॐ इमा आपः, जल में, ॐ इदमाज्यम्, घी में अँगूठा स्पर्श करावे।

प्रेत के अन्न पर तिल :—"ॐ अपहताऽअसुरारक्षा ᳪ सि वेदिषद:" तिल छींट दे। फिर मोटक तिल जल लेकर "ॐ अद्यामुकगोत्रपितर मुकप्रेतसपिण्डीकरणश्राद्धे, इदमन्नं सोपकरणं ते मया दीयते तवापतिष्ठताम् ।"

फिर पितामहादि के अन्न पर भी तिल छींटे और मन्त्र--'ॐ अपहताऽअसुरा रक्षा ᳪ सिवेदिषदः।" फिर मोटक तिल-जल लेकर "ॐ अद्यामुकगोत्रस्य पितुरमुकप्रेतस्य सपिण्डीकरणनिमित्तश्राद्धे अमुकामुकगोत्र पितामह प्रपितामह वृद्धप्रपितामहाः एतदन्नं सोपकरणं तेभ्यः स्वधा" फिर दाहिनी ओर जनेऊ करके "ॐ भूर्भुवः स्वस्तत्सवितुरेण्यं भर्गो देवस्य धीमहि धियो यो नः प्रचोदयात्" "अन्नहीनं क्रियाहीनं विधिहीनं च यद्भवेत् तत्सर्वमच्छिद्रमस्तु" यह जपकर, "ॐ सहस्रशीर्षा पुरुषः सहस्राक्षः सहस्रपात् सभूमि ᳪ सर्वतस्पृत्वात्यतिष्ठद्दशाङ्गुलम्" इत्यादि कहे।

जनेऊ बायीं ओर विकिर :—तीन कुश के सहित अक्षतादि लेकर "ॐ असंस्कृतप्रमीतानां त्यागिनां कुलभागिनामुच्छिष्टभागधेयानां दर्भेषु विकरासनम्" यह कहकर आसन दे दे फिर थोड़ा सा अन्न तिल-घृतसहित लेकर "ॐ अग्निदग्धाश्च ये जीवा ये प्रदग्धा कुले मम। भूमौ दत्तेन तृप्यंतु तृप्ता यान्तु परां गतिम् ॥" बिछाये कुश पर अन्न दे दे। सभी कुशों को निकाल कर रख दे। जनेऊ दाहिनी ओर करके भगवान का स्मरण करके फिर जनेऊ बायीं तरफ कर ले। पिण्ड देने के लिये प्रेत के लिए बालू की एक वेदी बनावे और पितामहादि के लिये भी चौकोन एक हाथ लम्बी-चौड़ी चार अंगुल ऊँची वेदी बनावे। उसी वेदी पर रेखाकरण--एक कुश लेकर बायीं तरफ से प्रादेश मात्र नीचे ले ऊपर को

ओर खींचे और मन्त्र पढ़ें-"ॐ अपहताऽअसुरारक्षा ॱ सि वेदिषदः" ओर जिस कुश से रेखा करे उसको उत्तर की ओर फेंक दे। इसी तरह पितामहादि-वेदी पर भी रेखा करे और 'अपहता इत्यादि" मन्त्र पढ़ें।

अंगारभ्रमण :—प्रेत तथा पितामहादि की रेखा पर आग का इंगोरा घुमावे। मन्त्र :—'ॐ ये रूपाणि प्रतिमुञ्चमानाऽअसुराः सन्तः स्वधया चरन्ति। परापुरो निपुरो ये भरन्त्यग्निष्ठाँल्लोकात्प्रणुदात्यस्मात्" उस इंगोरे को दक्षिण की ओर छोड़ दे। उन दोनों रेखाओं पर मूलसहित कुश, जड़ उत्तर की ओर, फुनगी दक्षिण को ओर करके बिछा दे।

जप :—जनेऊ दाहिनो ओर करके "ॐ देवताभ्यः पितृभ्यश्च महायोगिभ्य एव च। नमः स्वाहायै स्वधायै नित्यमेव नमोनमः" यह तीन बार जपे।

फिर जनेऊ बायीं ओर प्रत्यवनेजन करके प्रेत के लिये एक दोनी में ओर पितामहादि के लिये तीन दोनी में जल, तिल, चन्दन, फूल देकर प्रेत की दोनी बायें हाथ में और मोटकादि दाहिने हाथ में लेकर - "ॐ अद्यामुकगोत्र पितरमुकप्रेत सपिण्डीकरणश्राद्धे प्रेतपिण्डस्थानेऽत्रावनेनिक्ष्व ते मया दीयते तवोपतिष्ठताम्" प्रेत के कुश पर दोनी का जल गिरा दे। दोनी पिण्डस्थान से उत्तर रख दे।

फिर पितामह की दोनी और अक्षतादि लेकर "ॐ अद्यामुकगोत्रस्य पितुरमुकप्रेतस्य सपिंडीकरणनिमित्तकश्राद्धे पिंडस्थाने अमुकगात्रपितामह अमुकशर्म्मन् अत्रावनेनिक्ष्व ते स्वधा।" जल पितामह के कुश परदे। फिर प्रपितामह को दोनी और अक्षतादि लेकर "ॐ अद्यामुकगोत्रस्य पितुरमुकप्रेतस्य सपिण्डीकरणनिमित्तकश्राद्धे पिडस्थाने अमुकगोत्र प्रपितामह अमुकशर्म्मन् अत्रावनेनिक्ष्व ते स्वधा" कहकर प्रपितामह के कुश पर जल गिरा दे।

फिर वृद्ध प्रपितामह को दोनो और अक्षतादि लेकर :—"ॐ अद्यामुकगोत्रस्य पितुरमुकप्रेतस्य सपिण्डीकरणनिमित्तकश्राद्धे पिण्डस्थाने अमुकगोत्र वृद्धप्रपितामह अकमुशर्मन् अत्रावनेनिक्ष्व ते स्वधा" कहकर वृद्धप्रपितामह के कुश पर जल गिरा दे। दोनी पिंड स्थान से उत्तर की ओर रख दे।

प्रेत पिण्ड :--बनी हुई खीर में पञ्चमेवा, तिल, घी, मधु देकर सभी को सानकर लम्बा पिण्ड बनाकर पिण्ड और अक्षतादि लेकर "ॐ अद्यामुकगोत्र पितरमुकप्रेत सपिण्डीकरणश्राद्धे एष पिंडस्ते मया दीयते तवोपतिष्ठताम्" यह कहकर प्रेत के कुश पर पिंड दे दे। फिर पितामहादि की खीर में पञ्चमेवा इत्यादि सभी वस्तुओं को मिलाकर पिंड और अक्षतादि लेकर "ॐ अद्यामुकगोत्रस्य पितुरमुकप्रेतस्य सपिण्डीकरणनिमित्तश्राद्धे अमुकगोत्र पितामह अमुकशर्म्मंन् एष ते पिण्ड: स्वधा" पितामह के कुश पर रख दे। फिर प्रपितामह का पिण्ड और अक्षतादि लेकर 'अद्यामुकगोत्रस्य पितुरमुकप्रेतस्य सपिंडीकरणनिमित्तकश्राद्धे अमुक गोत्र प्रपितामह अमुकशर्म्मन् एष ते पिंड: स्वधा" प्रपितामह के कुश पर रख दे। फिर वृद्धप्रपितामह का पिण्ड और अक्षतादि लेकर—"ॐअद्यामुकगोत्रस्य पितुरमुकप्रेतस्य सपिण्डीकरणनिमित्तकश्राद्धे अमुकगोत्र वृद्धप्रपितामह अमुकशर्म्मंन् एष ते पिण्ड: स्वधा" वृद्धप्रपितामह के कुश पर रख दे।

करप्रोक्षण : -"लेपभागभुजस्तृप्यन्तु" यह कहकर पितामहादि के कुश की जड़ में हाथ पोछे।

जनेऊ दाहिनी ओर करके आचमन करके भगवान का स्मरण करके फिर जनेऊ बायीं तरफ कर ले।

श्वासावरोधन :—"ॐ अत्र पितर्मादयस्व यथाभागमावृषायस्व" यह कहकर उत्तराभिमुख श्वास लेकर फिर दक्षिण की ओर कर ले। "ॐ अमीमदन्त पितर्मादयस्व यथाभागमावृषायिष्ट" प्रेतपिण्ड पर यह काम करे।

इसी प्रकार पितामहादि-पिण्ड के समीप उत्तर की ओर मुख कर श्वास ले और मन्त्र पढ़े—अत्र पितरो मादयध्वं यथाभागमावृषायध्वम्। अमीमदन्त पितरो यथाभागमावृषायिषत्॥

प्रत्यवनेजन :--अवनेजन को दोनी को बायें हाथ में लेकर दाहिने हाथ में मोटकादि लेकर उस दोनी में जल देकर--"ॐ अद्यामुकगोत्र-

पितरमुकप्रेतसपिण्डीकरणश्राद्धे पिण्डे अत्र प्रत्यवनेनिक्ष्व ते मया दीयते तवोपतिष्ठताम्' यह कहकर प्रेतपिण्ड पर दे दे।

फिर पितामह के अवनेजन-पात्र को वाम हाथ में और दाहिनें में मोटकादि लेकर—ॐ अद्यामुकगोत्रस्य पितुरमुकप्रेतस्य सपिण्डीकरण-निमितकश्राद्धपिण्डे अमुकगोत्र पितामह अमुकशर्म्मन् अत्र प्रत्यवनेनिक्ष्व ते स्वधा" पितामह के पिण्ड पर दे दे।

दाहिने हाथ में मोटकादि लेकर—"ॐ अद्यामुकगोत्रस्य पितुरमुकप्रेतस्य सपिंडीकरणनिमितकश्राद्धपिण्डे अमुकगोत्र प्रपितामह अमुकशर्म्मन् अत्र प्रत्यवनेनिक्ष्व ते स्वधा" प्रपितामह के पिण्ड पर दे दे।

फिर वृद्धप्रपितामह के अवनेजन-पात्र को वाम हाथ में और दाहिने हाथ में मोटकादि लेकर—"ॐ अद्यामुकगोत्रस्य पितुरमुकप्रेतस्य सपिंडीकरणनिमित्तकश्राद्धपिण्डे अमुकगोत्र वृद्धप्रपितामह अमुकशर्म्मन् अत्र प्रत्यवनेनिक्ष्व ते स्वधा" वृद्धप्रपितामह के पिंड पर दे दे। नीवी को ढीला कर दे।

फिर जनेऊ दाहिनी ओर करके भगवान का स्मरण करके आचमन भी कर ले। फिर जनेऊ बायीं ओर कर ले।

सूत्रदानम् :—सूत लेकर "नमस्ते पिता रसाय नमस्ते पितः शोषाय, नमस्ते पितर्जीवाय नमस्ते पितः स्वधायै नमस्ते पितर्घोराय नमस्ते पितर्मन्यवे नमस्ते पितः पितर्नमस्ते गृहान्नः पितर्दहि सतस्ते पितर्द्धेष्म एतत्ते-पितर्वासः" यह कहकर प्रेतपिण्ड पर सूत चढ़ा दे।

फिर मोटकादि लेकर—"अद्यामुकगोत्रपितरमुकप्रेतसपिण्डीकरण-निमित्तकश्राद्धपिण्डे एतद्वासस्ते मया दीयते तवोपतिष्ठताम्" अक्षतादि छींट दे। फिर दोनों हाथों से सूत लेकर पितामह, प्रपितामह, वृद्ध प्रपितामह के पिण्ड पर सूत चढ़ावे और मन्त्र—"ॐ नमो वः पितरो रसाय नमो वः पितरः शोषाय नमो वः पितरो जीवाय नमो वः पितरः स्वधायै नमो वः पितरो घोराय नमो वः पितरो मन्यवे नमो वः पितरः पितरो नमो वो गृहान्नः पितरो दत्तसतोवः पितरो द्धेष्म एतद्वः पितरो वासः"। फिर मोटकादि लेकर "ॐअद्यामुकगोत्रस्य पितुरमुकप्रेतस्य सपिंडीकरण-

निमितकश्राद्धपिण्डे अमुकामुकगोत्रा पितामह्प्रपितामहवृद्धप्रपितामहा अमुकामुकशर्म्माणः एतत्तेभ्यो बासः स्वधा" अक्षतादि छींट दे। सभी पिण्डों पर चन्दन, फूल, यज्ञोपवीत चढ़ा दे, धूप दे दे, दीप बार दे। पिंड से बचे अन्न को पिंडसमीप में छींट दे।

प्रेतपिण्ड को काटना :—सोने-चांदी के पत्ते का कुश लेकर (अभाव में कुश) प्रेतपिंड का तोन भाग करे और मन्त्र पढ़े—'ॐ ये समानाः समनसः पितरो यमराज्ये। तेषांल्लोकः स्वधा नमो यज्ञो देवेषु कल्पताम्। ॐ ये समानाः समनसो जीवा जीवेषु मामकाः॥ तेषा ँ श्रीर्मयि कल्पताम् अस्मिल्लोके शत ँ समाः" किये हुये तीनों भागों में से एक भाग को पितामह के पिण्ड में मिलावे और "ये समानाः" इत्यादि दोनों मन्त्रों को पढे। फिर दूसरा भाग प्रपितामह पिण्डमें मिलावे, फिर "ये समानाः" इत्यादि दोनों मन्त्र पढे। फिर तोसरा भाग वृद्धप्रपितामह के पिण्ड में मिलावे और 'ये समानाः" इत्यादि दोनों मन्त्रों को पढे। फिर प्रेत-भाग को मिलाकर तीन पिण्ड गोल-गोल बनावे और पितामह पिण्ड स आरम्भ कर प्रत्येक पिण्ड पर चन्दन, पुष्प, धूप, दीप, नैवेद्य, पान दे। फिर जनेऊ दाहिनी ओर करके विश्वेदेव के अन्नपात्र में "ॐ शिवा आपः सन्तु" जल, "ॐ सौमनस्यमस्तु" फूल, "ॐ अक्षतञ्चारिष्टंचास्तु" अक्षत दे दे। फिर जनेऊ बायी ओर करके प्रेत के और पितामहादि के अन्न-पात्र में भी जल, फूल, अक्षत "ॐ शिवा आपः सन्तु', 'ॐ सौमनस्य-मस्तु", "ॐ अक्षतञ्चारिष्टंचास्तु" कहकर दे दे। मोटक तिल-जल लेकर—"अद्यामुकगोत्रस्य पितुरमुकप्रेतस्य सपिंडीकरणनिमित्तकश्राद्धे अमुकामुकगोत्राः अमुकशर्माणः दत्तैतदन्नपानादिकमक्षय्यमस्तु।"

जलधारादान :—जनेऊ दाहिनी ओर करके दक्षिण की ओर देखते हुये "ॐ अघोराः पितरः सन्तु" यह कहकर सभी पिंडों पर पूर्व को ओर जलधारा दे दे।

आशीःप्रार्थना :—पूर्व की ओर मुख करके पिंड पर अक्षत गिरावे और मन्त्र बोले—"गोत्रन्नोवर्द्धतां दातारो नोऽभिवर्द्धन्ताम् वेदाः सन्ततिरेव च। श्रद्धा च नो व्यगमद्बहुदेयं च नोऽस्तु। अन्नं च नो बहुभवेद-

तिथींश्च लभेमहि। याचितारश्च नः सन्तु मा च याचिष्म किञ्चन। एताः सत्याशिषः सन्तु॥" इसी तरह पितामहादि के पिण्ड पर भी आशीः प्रार्थना करे। इसके बाद कुश पिण्ड पर उत्तर-दक्षिण की ओर रख दे।

दुग्धधारादान :—पिंड पर रखे हुये कुश पर दूध या जल गिरावे और मन्त्र पढ़े—ॐ ऊर्ज्जंब्वहन्तीरमृतं घृतम्पयः कीलालं परिश्रुतम्। स्वधास्थ तर्पयत मे पितॄन्॥

फिर पिण्ड को सूंघ कर कन्धे पर उठावे और मन्त्र—"पञ्चक्रोशे गयाक्षेत्रे क्रोशमेकं गयाशिरः। उद्धरेत्सर्वंगोत्राणि कुलमेकोत्तरं शतम्।" फिर पिण्ड के स्थान पर शंख, चक्र, गदा, पद्म लिख दे और जिस कुश पर पिण्ड रखा हुआ है उसको और जिस कुश से अङ्गारभ्रमण करे उसको भी अग्नि में डाल दे। विश्वदेव के अर्घ्यपात्र को हिला दे, पितामहादि के अर्घ्यपात्र को उलट दे। फिर हाथ में अक्षतादि लेकर "ॐ अद्यामुकगोत्रस्य पितुरमुकप्रेतस्य सपिडीकरणनिमित्तकश्राद्धे अमुकगोत्राणां पितामहप्रपितामहवृद्धप्रपितामहानाममुकशर्म्मणां श्राद्धसम्बन्धिनां विश्वेषां देवानां कृतैतच्छ्राद्धप्रतिष्ठार्थं दक्षिणाद्रव्यं यथानामगोत्राय ब्राह्मणाय दातुमहमुत्सृजे।" दक्षिणा दे। फिर जनेऊ बायीं ओर करके मोटकादि और दक्षिणा द्रव्य लेकर—"ॐ अद्यामुकगोत्रस्य पितुरमुकप्रेतस्य कृतैतत्सपिंडीकरणनिमित्तकश्राद्धप्रतिष्ठार्थं दक्षिणाद्रव्यं यथानामगोत्राय ब्राह्मणाय दातुमहमुत्सृजे।" दक्षिणा दे।

फिर मोटकादि और दक्षिणाद्रव्य लेकर—"ॐ अद्यामुकगोत्रस्य पितुरमुकप्रेतस्य सपिडीकरणनिमित्तकश्राद्धे अमुकगोत्राणां पितामहप्रपितामहवृद्धप्रपितामहानाममुकशर्म्मणां श्राद्धप्रतिष्ठार्थं दक्षिणाद्रव्यं यथानामगोत्राय ब्राह्मणाय दातुमहमुत्सृजे।"

विसर्जन :—जनेऊ दाहिनी ओर करके "ॐ विश्वेदेवाः प्रीयन्ताम्" यह कहकर विश्वेदेव का विसर्जन करे।

फिर जनेऊ बायीं ओर करके "ॐ आमाब्वाजस्य प्रसवो जगम्यादेमेद्यावापृथिवीविश्वरूपे। आमा गन्ता पितरा मातरा चामा सोमो अमृतत्वेन गम्यात्।" पितृविसर्जन।

जप :—जनेऊ दाहिनी ओर करके "ॐ देवताभ्यः पितृभ्यश्च महा योगिभ्य एव च। नमः स्वाहायै स्वधायै नित्यमेव नमोनमः।" तीन बार जपे। जनेऊ बायीं तरफ करे।

दीपनिर्वाण :—दोनों हाथों से रक्षादीप बुझावे और मन्त्र—"ॐ वाजे वाजे वत वाजिनो धनेषु विप्रा अमृतं ऋतज्ञाः। अस्य मध्वः पिबत मादयध्वम्। तृप्ता यात पथिभिर्देवयानैः।"

प्रार्थना :—हाथ-पैर धोकर पूर्व की ओर हाथ जोड़कर "ॐ प्रमादात्कुर्वतां कर्म प्रच्यवेताध्वरेषु यत्। स्मरणादेव तद्विष्णोः सम्पूर्णं स्यादिति श्रुतिः॥ यस्य स्मृत्या च नामोक्त्या तपोयज्ञक्रियादिषु। न्यूनं सम्पूर्णतां याति सद्यो बन्दे तमच्युतम्॥"

कुम्भदान

जहाँ पिण्ड दे वहीं या पीपल के समीप जाकर एक घड़े में ३६० दिन के लिये ३६० चूका से पानी भर कर रखे। यजमान कुश धारण कर "अपवित्रः पवित्रो वा" इत्यादि से माथे पर जल छींटे। तिल-जल अक्षत लेकर "ॐ अद्यामुकगोत्रस्य पितुरमुकशर्म्मणः वर्ष-पर्य्यन्तं तृषाशान्त्यर्थं कुम्भदानमहं करिष्ये।"

दक्षिणा :—अक्षतद्रव्य लेकर "ॐ अद्यामुकगोत्रस्य पितुरमुकशर्म्मणः कृतैतत्सोदककुम्भदानप्रतिष्ठासिद्ध्यर्थमिदं रजतं चन्द्रदैवतं यथानामगोत्राय ब्राह्मणाय दक्षिणात्वेनाहं सम्प्रददे।"

काकबलि

यजमान अपने आँगन में एक घड़े में पानी भरकर और उस घड़े को गरदन में सूत लपेट दे, आग लाकर धूप दे।

वर्षाशन :—अक्षत-जल लेकर "ॐ अद्यामुकगोत्रस्य पितुरमुकशर्म्मणः वर्षपर्य्यन्तं भोजनकरणायेदमन्नं द्विदलं सलवणं सोपस्करसहितं प्रत्यहं पुरुषैकाहारपरिमितं प्रजापतिदैवतममुकगोत्रायामुकशर्म्मणे ब्राह्मणाय तुभ्यमहं उत्सृजे।

गोदान—यजमान पूर्व को ओर मुख कर बैठे फिर "ॐ अपवित्रः पवित्रो वा" इत्यादि माथे पर जल छींट कर आचमन करे। फिर अक्षत-जल लेकर "ॐ अद्य अमुकगोत्रोऽहममुकशर्म्माऽमुकगोत्रस्य पितुरमुकशर्म्मण वैतरणीनद्युत्तरणार्थं गोदानमहं करिष्ये।"

ब्राह्मण की पूजा :—ब्राह्मण के माथे पर जल छींटकर और पैर धोकर चन्दन कर दे। फिर हाथ जोड़कर प्रार्थना करे—विष्णुरूप द्विजश्रेष्ठ भूदेव द्विजपावन। ततु वैतरणीमेनां कृष्णां गां प्रददाम्यहम् ॥

गोपूजा :—अक्षत-फूल से गऊ के सभी अंगों की पूजा कर प्रार्थना करे—"धेनुके त्वं प्रतीक्षस्व यमद्वारे महापथे। उत्तितीर्षुरहं देवी वैतरण्यै नमोऽस्तु ते।

तर्पण :—गोपुच्छ धरकर तिल-जल गिरावे और मन्त्र बोले :—मातृपक्षे च ये केचिद्ये चान्ये पितृपक्षजाः। गुरुश्वशुरबन्धूनां कुले येषां समुद्भवः। ये चान्ये लुप्तपिण्डाश्च पुत्रदारविवर्जितास्ते सर्वे तृप्तिमायान्तु गोपुच्छोदकतर्पणैः।

फिर पुच्छसहित जल-अक्षत लेकर—ॐ अमुकगोत्र अमुकशर्म्माहममुकगोत्रस्य पितुरमुकशर्म्मणः विष्णुसायुज्यप्राप्तये च वैतरिणीअवतरणायेमां गां रुद्रदेवतां सुवर्णश्रृङ्गीं रौप्यखुरां ताम्रपृष्ठीं कांस्यपात्रदोहिनीं सवस्त्रां यथानामगोत्राय ब्राह्मणाय दातुमहमुत्सृजे।

दक्षिणा :—द्रव्य अक्षत-जल लेकर "ॐ अद्यामुकगोत्रस्य पितुरमुकशर्म्मणः गोदानप्रतिष्ठामिद्ध्यर्थममुकगोत्रोऽहममुकशर्म्माऽहं यथानामगोत्राय ब्राह्मणायेद रजतं चन्द्रदैवतं तुभ्यमहं सम्प्रददे।"

बलि :—एक पात्र में पूड़ी-कचौड़ी दही चीनी-तरकारी भात दाल इत्यादि सभी वस्तुओं को रखे। "ॐ अद्यामुकगोत्रस्य पितुरमुकशर्म्मणः विष्णुसायुज्यप्राप्तिकामनया गोकाकश्वानतृप्त्यर्थमिदं पक्वान्नम् अमुकगोत्रः अमुकशर्म्माहं सम्प्रददे" उस अन्न के तीन भाग कर दे।

(१) *श्राद्धपरिभाषा* :—प्रेतं पितॄंश्च निर्दिश्य भोज्यं यत् प्रियमात्मनः।
श्रद्धया दीयते यत्र तच्छ्राद्धं परिकीर्तितम् ॥

(२) *श्राद्धस्थान* :—दक्षिणप्रवणे देशे तीर्थादी च गृहेपि वा। भूसंस्करणादि संयुक्ते श्राद्धं कुर्य्यात् प्रयत्नतः ॥

(३) *शूद्र तथा स्त्री का श्राद्ध बिना मन्त्र का*—स्त्रीणाममंत्रकं श्राद्धं तथा शूद्रासुतस्य च। प्राग्द्विजाश्च व्रतादेशात्ते च कुर्य्युंस्तथैव च ॥ अनुमतोऽस्य नमस्कारः।

(४) *होम* :—यस्मिन्नग्नौ पचेदन्नं तस्मिन्होमो विधीयते ॥

(५) *मण्डलकरण* :– चतुःकोणं द्विजाग्र्यस्य त्रिकोणं क्षत्रियस्य च। मंडलाकृतिर्वैश्यस्य शूद्रस्याभ्युक्षणं स्मृतम् ॥

(६) *श्राद्ध में पत्र* :—श्राद्धे पलाशपत्राणि मधूकोदुम्बराणि च। पारिकाकुटजप्लक्ष क्रकचानि क्रमाज्जगुः॥ अथवा चूतपनसजम्बूपुन्नागचम्पकाः। अलाभे मुख्यपात्राणां ग्राह्याः स्युः पितृकर्मणि ॥

(७) *परिवेषण* :—वैश्वदेवस्य वामे तु पितृपात्रस्य दक्षिणे । संकल्पोदकदाने स्यान्नित्यश्राद्धे यथारुचि ।

(८) *दर्भकुश का भेद* :—सप्तपत्रा शुभा दर्भास्तिलक्षेत्रसमुद्भवाः। अप्रसूताः स्मृता दर्भाः प्रसूतास्तु कुशाः स्मृताः ॥ समूलाः कुतुपाः प्रोक्ताश्छिन्नाग्रास्तृणसंज्ञिताः।

(९) *श्राद्ध में चन्दन करना* :–जपे होमे तथा दाने स्वाध्याये पितृकर्म्मणि। तत्सर्वं नश्यति क्षिप्रं ऊर्ध्वपुंड्रं विना कृतम्।

(१०) अक्षय्यासनयोः षष्ठी द्वितीयावाहने तथा। अन्नदाने चतुर्थी स्याच्छेषाः संबुद्धयः स्मृताः ॥

(११) *आचमन* :—श्राद्धारम्भेऽवसाने च पादशौचार्चनान्तयोः। विकरे पिंडदाने च षट्स्वाचमनमिष्यते ॥ आद्यन्तयोर्द्विराचामेच्छेषेषु तु सकृत् सकृत् ॥

(१२) अर्घ्यं, अक्षय्योदक, प्रत्यवनेजन ये तीनों पृथक्-पृथक् करने चाहिये।

प्रमाण :—अर्घ्योऽक्षय्योदकं चैव पिण्डप्रत्यवनेजनम्। तन्त्रेऽपि विनिवृत्तिः स्यादेव कात्यायनोऽब्रवीत् ॥

अथ शय्यादान

जनेऊ दाहिनी ओर करके आचमन कर ले. फिर पुष्प-अक्षत लेकर "सोपस्करशय्यायै नमः", 'देव ब्राह्मणाय नमः" तीन बार शय्या और ब्राह्मण की पूजा करे।

शय्या पर रखी प्रतिमा की पूजा :—हाथ में फूल लेकर "इदं विष्णुर्विचक्रमे त्रेधा निदधे पदं समूढमस्यपा ँ सुरे स्वाहा" कहकर फूल रख दे।

प्रतिष्ठा :—फूल लेकर "मनोजूतिर्जुषतामाज्यस्य बृहस्पतिर्यज्ञमिमं तनोत्वरिष्टं यज्ञ ँ शमिमं दधातु विश्वेदेवा स इहमादयन्ताम्" "ॐ प्रतिष्ठ"। चन्दन, फूल, धूप, दीप, ताम्बूल लक्ष्मीनारायणाभ्यां नमः।

ब्राह्मणवरण :—वरण के लिए द्रव्य-वस्त्र लेकर "अद्यामुकगोत्रः अमुकशर्माहममुकगोत्रस्य पितुरमुकशर्म्मणः द्वादशाहे शय्यादानकर्मणि एभिर्वरणद्रव्यैः अमुकगोत्रममुकशर्म्माणं ब्राह्मणं शय्याप्रतिगृहीतृत्वेन त्वामहं वृणे" वरण करे। 'प्रमाण्यै देव्यै नमः" चारों ओर प्रणाम करे।

फिर बाम हाथ से शय्या स्पर्श करके दाहिने हाथ में अक्षतफूल लेकर "ॐ तत्सत् इत्यादि अमुकगोत्रः अमुकशर्माहं अमुकगोत्रस्य पितुरमुकशर्मणः समस्तपापक्षयपूर्वकाप्सरोगणसेवायुतविमानकरणकइन्द्रपुरगमनोत्तरपष्टिसहस्रवर्षाधिकरणकक्रोडनस्त्रीसंघसमावृतसर्वलोकमहिमत्वतदुत्तरषष्टियोजनमंडलराज्यभोगान्तरशिवसायुज्यावाप्तिकामः इमां शय्यां ईशानादिकोणचतुष्टयक्रमेण घृतकुंभगोधूमघृतजलपूर्णकुम्भसमेतां हंसतूलीप्रच्छन्नां शुभ्रगण्डोपधानिकां प्रच्छादनपटास्तृतां सप्तधान्ययुतां यथोपस्करसहितां विष्णुदेवताममुकगोत्रायामुकशर्मणे ब्राह्मणाय तुभ्यमहं संप्रददे।' ब्राह्मण के हाथ में देकर शय्या स्पर्श करा दे।

द्रव्यदक्षिणा :—द्रव्य-अक्षत लेकर "कृतैतत् सोपकरणशय्यादानप्रतिष्ठार्थं दक्षिणाद्रव्यममुकगोत्रायामुकशर्मणे ब्राह्मणाय तुभ्यमहं सम्प्रददे।"

शय्या-प्रार्थना :—यथा न कृष्णशयनं शून्यं सागरजातया। तथा शय्या ममाप्यस्तु अशून्या जन्मजन्मनि ॥

फिर जूता-छाता-पात्रों का दान :—"ॐ तत्सत् इत्यादि अमुकगोत्रः अमुकशर्माहममुकगोत्रस्य पितुरमुकशर्मणः श्रुत्यादियथोक्तफलप्राप्त्यर्थं इमानि पदानि तत्तत्पदेषु आस्तरणार्थं आसनं भूमिदैवतं तप्तबालुकासि-कंटकितभूदुर्गसंतरणकामः इमे उपानहो उत्तानाङ्गिरोदैवते आतपनिवार-णार्थं छत्रं आंगिरो दैवतम् अनेकधातुनिर्मितं पात्रं सदक्षिणं वस्त्रयुग्मं नानानामगोत्रेभ्यो ब्राह्मणेभ्यो दातुमहमुत्सृजे ।"

अथ कलशस्थापनं गणपत्यादिपूजनम्

कलशस्थापन, गौरी-गणेश, पञ्चलोकपाल, सूर्य्यादिग्रह, सर्व देवों की पूजा करे । संकल्प :—"ॐ तत्सत् इत्यादि—अमुकगोत्रः अमुकशर्मा अमुकगोत्रस्य पितुरमुकशर्मणः सपिंडनश्राद्धकर्मणः साङ्गतासिद्ध्यर्थं यथासंख्यकान् ब्राह्मणान् भोजयिष्ये ।"

—:०:—

—: पञ्चकशान्ति चक्रम् :—

—:०:—

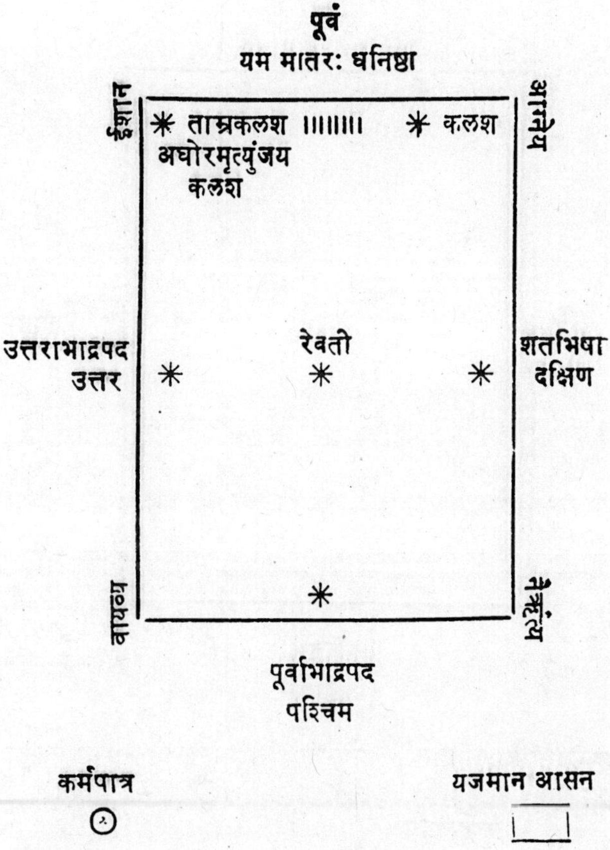

कलश के नीचे सप्तधान्य, कलश में पञ्चपल्लव, कलशों पर ढकना में धान्य, ऊपर सुवर्णमूर्ति, यमकलश पर लोहे की मूर्ति,

हवनवेदी

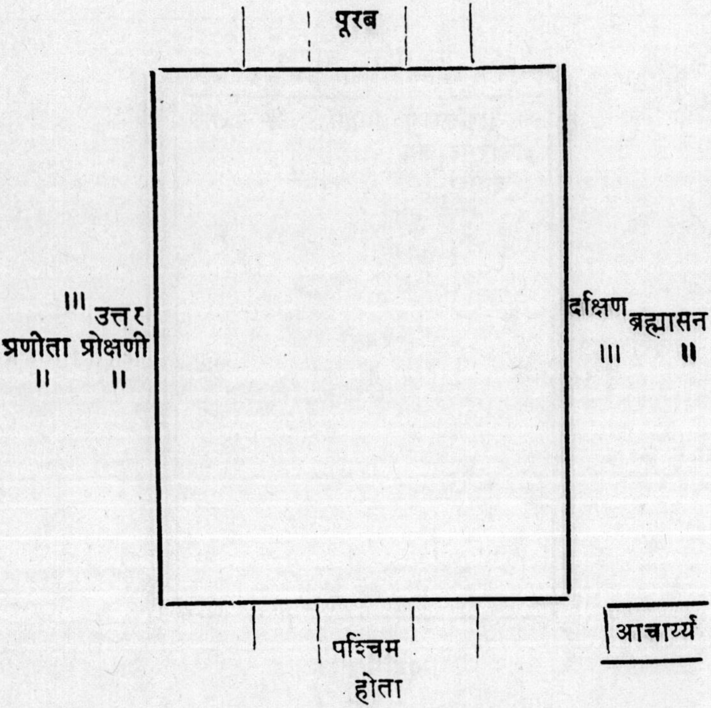

पविच्छेदनार्थ कुशत्रय ।।।   पवित्रार्थं, ।। कुशपत्रद्वय   प्रोक्षणो,   आज्यस्थाली ⊙   सम्मार्जनकुश ।।।।।

उपयमनकुश ।।।।।।   समिधः ।।।   श्रुव   आज्य   पूर्णपात्रम् ⊙

गरुड पुराणोक्त पञ्चकशान्ति

स्नानकर, शुद्धवस्त्र धारणकर पूरब मुखकर बैठजाय। तीन बार आचमन करे।

पवित्री धारण—पवित्रेस्थो वैष्णव्यो सवितुर्वः प्रसवः उत्पुनाम्यच्छिद्रेण पवित्रेण सूर्य्यस्य रश्मिभिः। तस्य ते पवित्रपते पवित्रपूतस्य यत्कामः पुने तच्छकेयम्।

आसन शुद्धि—पृथिवि त्वया धृता लोका देवित्वं विष्णुना धृता। त्वञ्च धारय मां देवि पवित्रं कुरु चासनम्।

कर्मपात्र में गंगादितीर्थों का आवाहन—गयादीनि च तीर्थानि ये च पुण्याशिलोच्चया। कुरुक्षेत्रं च गङ्गां च सर्वपापप्रणशिनीम्। भद्रावकाशां सरयूं गंडकीं तमसां तथा। वैष्णवं च वराहं च तीर्थं पिण्डारकं तथा। पृथिव्यां यानि तीर्थानि चतुरः सागरास्तथा आवाहयामि श्राद्धार्थं श्राद्धं रक्षन्तु ते सदा।

माथे पर जल—ॐ अपवित्रः पवित्रो वा इत्यादि पूजा की सामग्री पर भी जल छीट दे।

तिलक—ऊर्ध्वं पुंड्र तिलक करे। जल अक्षत हाथ में लेकर संकल्प-ॐ विष्णुर्विष्णुर्विष्णुः नमः परमात्मने पुराणपुरुषोत्तमाय श्रीविष्णो-राज्ञया प्रवर्तमानस्याद्य श्रीब्रह्मणोऽह्नि द्वितीयपरार्द्धे श्रीश्वेतवाराहकल्पे वैवस्वतमन्वन्तरे अष्टाविंशतितमे कलियुगे कलिप्रथम चरणे जम्बूद्वीपे भारतवर्षे भरतखण्डे आर्यावर्तान्तर्गत ब्रह्मावर्तैकदेशे मासानां मासो-त्तमे अमुक मासे अमुक पक्षे अमुक तिथौ अमुकवासरे अमुकगोत्रोत्पन्नः अमुकशर्माऽहं अमुकगोत्रस्य अमुकप्रेतस्य धनिष्ठादिपञ्चकमध्ये दुर्मरण-दोषोपशान्त्यर्थं ममगृहे सर्वपरिवाराणामायुरारोग्यसुखप्राप्त्यर्थं विष्णु-पूजन पूर्वकं पञ्चकशान्तिमहं करिष्ये।

विष्णुपूजन—(विष्णु की मूर्ति या शालिग्राम एक पत्ते पर) हाथ में फूल लेकर आवाहन—शुक्लां रधरं विष्णुं शशिवर्णं चतुर्भुजम्। प्रसन्नवदनं ध्यायेत्सर्वविघ्नोपशान्तये। आवाहनं समर्पयामि विष्णवे

नमः। आसनम्, पाद्यं अर्घ्यं स्नानोयं समर्पयामि विष्णवे नमः। पञ्चामृत स्नानं, शुद्धोदक स्नानं, वस्त्रं, यज्ञोपवीतं, आचमनीयम्, चन्दनं, पुष्पं, धूपं दीपं नैवेद्यं आचमनीयम्, ताम्बूलं पूगीफलं दक्षिणां च समर्पयामि विष्णवे प्रभवेनमः।

प्रार्थना—अनादिनिधनो देवः शंखचक्रगदाधरः। अव्ययः पुण्डरीकाक्षः प्रेतमोक्षप्रदो भव।

अग्नि स्थापन—बहिः शालायां तुषकेशशर्करादिरहितायां हस्तमात्र परिमितां भूमिं कुशैः परिसमूह्य तान् कुशानैशान्यां परित्यज्य गोमयोदकेनोपलिप्य स्फ्येन स्रुवमूलेन वा उत्तरोत्तरक्रमेण त्रिरुल्लिख्य उल्लेखनक्रमेण अनामिकाङ्गुष्ठाभ्यां मृदमुद्धृत्य जलेनाभ्युक्ष्य तूष्णीमग्निकोणादग्निमानीय स्वाभिमुखं निदध्यात्। तद्रक्षार्थं किञ्चित्तृणं नियुज्य। आगलानेवाले पात्र में अक्षत जल छीटना।

चारों दिशाओं में चार कलश और ईशान कोण के मृत्युञ्जयकलश को विधि पूर्वक स्थापित करे।

अग्नि उत्तरण:- कलश पर रखी हुई स्वर्ण मूर्ति को मिट्टी के वर्तन में रखकर आम के पल्लव से दूध की धारा दे मन्त्र-ॐ समुद्रस्यत्वा पावकयाग्ने परिव्ययामसि। पावकोऽस्मभ्य ᳪ शिवोभव। अपामिदं नयन ᳪ समुद्रस्य निवेशनम्। अन्यास्ते अस्मात्तपन्तु हेतयः पावकोऽस्मभ्य ᳪ शिवोभव। नमस्ते हरसे शोचिषे नमस्तु अस्त्वर्चिषे अन्यास्ते अस्मात्तपन्तु हेतयः पावकोऽस्मभ्य ᳪ शिवोभव। पञ्चामृतस्नान, शुद्धोदकस्नान, कराके पुनः कलश पर रखे।

प्राण प्रतिष्ठा:—मनोजूतिजुषतां माज्यस्य बृहस्पतिर्यज्ञमिमं तनोत्वरिष्टं यज्ञ ᳪ समिमं दधातु विश्वे देवा स इहमादयन्तामोम् प्रतिष्ठ। फूल और अक्षत मूर्ति पर रख दे। अत्र प्राणाः प्रतिष्ठन्तु।

१—पूर्व कलश में धनिष्ठा नक्षत्र की पूजा—अक्षत फूल हाथ में लेकर—वसोः पवित्रमसि शतधारं वसोः पवित्रमसि सहस्रधारं देवस्त्वा सविता पुनातु वसोः पवित्रेण शतधारेण सुप्वा कामधुक्षः अस्मिन् कलशे धनिष्ठा अधिष्ठातृवसोऽइहागच्छ इहतिष्ठ वसवेनमः।

२—दक्षिण कलश में शतभिषा नक्षत्र की पूजा—अक्षत फूल लेकर ॐ वरुणस्योत्तम्भनमसि वरुणस्य स्कम्भ विसर्जनीस्थो वरुणस्य ऋत सदन्यसि वरुणस्य ऋत सदनमसि वरुणस्य ऋत सदनमासीद। अस्मिन् कलशे शतभिषा अधिष्ठातृ वरुणदेव इहागच्छ इहतिष्ठ वरुणाय नमः। स्नान चन्दनादिसे पूजन।

३ पश्चिम कलश में पूर्वभाद्रपद नक्षत्र की पूजाः—ॐ उतन्नोऽहिर्बुध्न्य शृणोत्वजऽएकपात्पृथिवी समुद्र ५ विश्वेदेवाऽऋतावृधो हुवानास्तुता मन्त्राः कवि सस्ता अवन्तु। अस्मिन् कलशे पूर्वभाद्रपद अधिष्ठातृ अजैकपाद इहागच्छ इहतिष्ठ अजैकपादाय नमः।

४ उत्तर कलश में उत्तराभाद्रपद नक्षत्र की पूजा—अक्षत फूल लेकर ॐ शिवोनामासि स्वधितिस्ते पिता नमस्तेऽस्तु मामाहि ५ सोनिवर्तयाम्यायुषेन्नाद्याय प्रजननाय रायस्पोषाय सुप्रजस्त्वाय सुवीर्य्याय। अस्मिन् कलशे उत्तराभाद्रपद अधिष्ठातृ अहिर्बुध्न्य, इहागच्छ इह तिष्ठ ॐ अहिर्बुध्न्याय नमः स्नानचन्दनादि से पूजन।

५ मध्य कलश में रेवती नक्षत्र की पूजा—अक्षत फूल लेकर ॐ पूषन्तव व्रते वयन्नरिष्येम कदाचन स्तोतारस्तऽइह स्मसि ॐ अस्मिन् कलशे रेवती अधिष्ठातृ पूषण इहागच्छ इहतिष्ठ ॐ पूषणायनमः। स्नान चन्दनादिसे पूजन।

६ ईशान कोण में ताम्र कलश में अघोर मृत्युञ्जय की पूजा—ॐ अघोरेभ्योथघोरेभ्यः घोरघोरतरेभ्यः सर्वेभ्यो रुद्ररूपेभ्यः, अस्मिन् कलशे अघोर मृत्युञ्जय दंष्ट्राकराल इहागच्छ इहतिष्ठ ॐ अघोर दंष्ट्राकरालायनमः। स्नान चन्दनादि से पूजा।

उसी कलश पर १३ यमों की पूजा—१ यमायनमः २ धर्मराजायनमः ३ मृत्यवेनमः ४ वैवस्वतायनमः ५ कालायनमः ६ सर्वभूतक्षयायनमः ७ औदुम्बरायनमः ८ दध्नायनमः ९ नीलायनमः १० वृकोदरायनमः ११ परमेष्ठिनेनमः १२ चित्रायनमः १३ चित्रगुप्तायनमः अक्षत फूल, धूप दीपादि से पूजन।

यम माताओं का आवाहन पूजन—ॐ काल्यैनमः ॐ कराल्यैनमः,

विकराल्यैनमः ॐ महोत्करायेनमः, ॐ संहारिण्यै नमः ॐ दुराधर्षायैनमः ॐ भीषणायैनमः भो यममातरः इहागच्छत इह तिष्ठत मम पूजां गृह्णात पाद्यं अर्घ्यं स्नानीयं चन्दनं पुष्पं धूपं दीपं नैवेद्यं समर्पयामि श्रीयममातृभ्योनमः।

पांच ब्राह्मण—पांचों नक्षत्रों के मन्त्रों का तथा एक ब्राह्मण अघोर मृत्युञ्जय दंष्ट्रा कराल के मन्त्र का जप तथा एक ब्राह्मण पञ्चसूक्त पाठ करे।

जप पाठ का संकल्प करे—ॐ अद्य इत्यादि अमुकगोत्रोऽहं अमुकशर्म्माऽहं अमुकगोत्रस्य अमुकप्रेतस्य धनिष्ठादिपञ्चकमध्ये दुर्मरणजन्य दोषपरिहारार्थम् अघोरमृत्युञ्जयदंष्ट्राकरालमन्त्रपूर्वकं धनिष्ठादिपञ्चनक्षत्रमन्त्राणां जपं पञ्चसूक्तपाठं च नानानामगोत्रब्राह्मण द्वारा कारयिष्ये तेन प्रेतस्य प्रेतत्वविमुक्तिः उत्तमलोकप्राप्तिश्च अस्तु।

हवन करने के लिये ब्रह्मा आचार्य का वरण करे—

ब्रह्मा—ॐ अद्य इत्यादि अमुकगोत्रः अमुकशर्म्माऽहम् अमुकगोत्रस्य अमुकप्रेतस्य धनिष्ठादिपञ्चकमध्ये दुर्मरण दोषनिवृत्त्यर्थं कर्तव्य हवनकर्मणि कृताकृतावेक्षणरूपब्रह्मकर्मकर्तुमभिः हस्तोपस्थितवरणद्रव्यैः अमुकगोत्रम् अमुकशर्म्माणं ब्राह्मणं ब्रह्मत्वेन त्वामहंवृणे। ब्रह्मा—वृतोऽस्मि। आचार्य्यवरणम्—अद्येत्यादि अमुकगोत्रः अमुकशर्म्माऽहं अमुकगोत्रस्यामुकप्रेतस्य धनिष्ठादिपञ्चकमध्ये दुर्मरणदोषनिवृत्त्यर्थं कतव्य हवनकर्माण आचार्य्यकर्मकर्तुम् एभिर्वरणद्रव्यैः अमुकगोत्रम् अमुक शर्माणं ब्राह्मणम् आचार्य्यत्वेन त्वामहं वृणे। आचार्यः वृतोऽस्मि।

कुशकंडिका

१ अग्नेर्दक्षिणतः शुद्धमासनं दत्वा—अग्निके दक्षिण में ब्रह्मा के लिये आसन दे।

२ अग्ने रुत्तरतः प्रणीतासन द्वयम्—अग्नि के उत्तर में प्रणीता के लिए कुश के दो आसन पूरब पश्चिम के क्रम से।

३ ब्रह्माणमग्निं प्रदक्षिणीकृत्य कल्पित आसने उपवेशयेत्—ब्रह्माको

अग्नि को प्रदक्षिण करके ब्रह्मासन पर रख दे। ब्रह्मा से कहे—अत्र त्वं मे ब्रह्मा भव-इसमें आप ब्रह्मा रहें ब्रह्मा-अहम् ब्रह्मा भवामि-मैं ब्रह्मा रहूँगा।

४ प्रणीता पात्र को जल से भरकर कुशों से ढक कर प्रथम आसन पर रख दे।

५ ब्रह्मणो मुखमवलोक्य द्वितीयासने निदध्याद्—ब्रह्मा के मुख को देखकर दूसरे आसन पर रख दे।

६ परिस्तरणम्—वर्हिषश्चतुर्थभागमादाय सोरह कुश लेकर। अग्नेदायोशानान्तम्-चार कुश अग्निकोण से ईशान कोण तक। ब्रह्मणोऽग्नि पर्य्यन्तम्-चार कुश ब्रह्मा के आसन से अग्नि तक। नैर्ऋत्याद्वायव्यान्तम्-नैऋत्य कोण से वायव्य कोण तक चार कुश। अग्नितः प्रणीता पर्य्यन्तम्-अग्नि से प्रणीता पात्र तक चार कुश।

७ पात्रासादनम्—अग्नेरुत्तरतः पश्चिम दिशि पवित्र छेदनार्थं कुशत्रयम्-अग्नि के उत्तर पश्चिम की ओर पवित्र को काटने के लिये तोन कुश। पवित्रार्थं कुश पत्र द्वयम्-पवित्र के लिये कुश के दो पत्ते। प्रोक्षणीपात्र घो का वर्तन। सम्मार्जन कुशपञ्च—सम्मार्जन के लिये पाँच कुश। उपयमनकुशाः सप्त—उपयमन कुश ७। समिधस्तिस्रः—३ लकड़ियां। स्रुवा, घी, पूर्णपात्र रखे।

८ पवित्रकरणम्—द्वयोरुपरि त्रीणि निधाय द्वौ मूलेन प्रदक्षिणो कृत्य त्रिभिः छिन्द्य द्विर्ग्राह्यः त्रिस्त्याज्य—दो कुश के उपर तीन कुश रखकर उलट कर तोड़दे, दो बचे कुश को रखले आर तोनको छोड़ दे।

सपवित्रकरेण प्रणोतोदकं त्रिः प्रोक्षण्यां निधाय—दो कुश जो बचे हुये थे उसी को हाथ में लेकर (अर्थात् वही पवित्र हुआ) प्रणोता का जल तीन बार प्रोक्षणी में रखे। अनामिकाङ्गुष्ठाभ्यां गृहीतपवित्राभ्याम् त्रिरुत्पवनम्—अनामिका और अँगूठे से पवित्री को पकड़कर तीन बार प्रोक्षणी के जल को प्रदेश मात्र उछाले।

प्रोक्षण्यां सव्यहस्तकरणम्—प्रोक्षणोको बांये हाथ में ले और दाहिने हाथ से जल को ऊपर उछाले। प्रणोतोदकेन प्रोक्षणीप्रोक्षणम्—प्रणोताके

जल से प्रोक्षणीको प्रोक्षण करे (अर्थात् जल छीट दे) प्रोक्षणीजलेन आसादितवस्तुसेचनम्—प्रोक्षणी के जल से रखो हुई सभी वस्तुओं का सेचन करे (जल छींट दे) । अग्निप्रणोतयोर्मध्ये प्रोक्षणी निधाय—अग्नि प्रणीता के बीच में प्रोक्षणीको रखे । आज्यस्थाल्याम् आज्यनिर्वापः घी के बरतन में घी ढारे । अधिश्रयणम्—उस घी को आग पर तपावे । ज्वलदुल्मुकेन पर्यग्निकरणम्—जलते हुए काठ से प्रदक्षिण करे । इतरथा वृत्ति—उस काठ को अग्नि में छोड़कर उलटा हाथ घुमावे । स्रुवप्रतपनम्–स्रुवाको उलटकर आग में तपावे । सम्मार्जन कुशानामग्रैरन्तरतो मूलैर्बाह्यतः स्रुवसम्मार्जनम्—सम्मार्जन ५ कुशों के अग्र भाग से स्रुव के नीचे का भाग को पोंछे और २ जड़ से उपरि भाग को पोंछे । प्रणीतादकेनाभ्युक्ष्य-प्रणीता के जल से स्रुवा पर छींटे । सम्मार्जनकुशानामग्नौ प्रक्षेपः–सम्मार्जन के पाँचों कुशों को आग में डाल दे । पुनः प्रतप्य दक्षिण देशे निदध्यात्-फिर स्रुवा को आग में तपाकर दाहिने तरफ रख दे । आज्यमग्नेरवतार्य्य प्रणीतां पश्चिमतो निधाय–घी को आग से उतार कर । प्रणीता के पश्चिम ओर रखे । अनामिकाङ्गुष्ठाभ्यां गृहीतपवित्राभ्याम् अनामिका और अँगूठे से पवित्री (दो कुश) को पकड़ कर । प्रोक्षणीवत् उत्पवनम्—प्रोक्षणी के जल की तरह घो को उछाले । अवेक्ष्य अपद्रव्यनिरसनम्-फिर घी को देखकर उसमें यदि कुछ पड़ा हुआ हो तो निकाल दे, पुनः प्रोक्षणी उत्पवनम्—फिर प्रोक्षणी का जल उछाले । आज्यमग्नेः पश्चिमतो निधाय उपयमनकुशान् वामहस्तेनादाय – अग्निके पश्चिम की ओर घी को रखे और बायें हाथ में उपयमन (सात कुश) को लेकर । उत्तिष्ठन् दक्षिणहस्ते समिधोभ्याधाय प्रजापतिं मनसा ध्यात्वा तूष्णीं घृताक्ता समिधस्तिस्रः अग्नौ क्षिपेत्—दाहिना हाथ में घी में डूबे हुए तीनों समिधा (तीन लकड़ियों) को लेकर खड़े होकर मन में प्रजापतिका ध्यान कर आग में छोड़ दे । उपविश्य सपवित्रकरेण प्रोक्षण्युदकेन ईशानादारभ्य ईशानपर्य्यन्तं प्रदक्षिणक्रमेण अग्निपर्युक्ष्य-बैठकर पवित्रो हाथ में लेकर प्रोक्षणी के जल से ईशान कोण से लेकर ईशान तक प्रदक्षिण क्रम से अग्निका पर्युक्षण करे । इतरथावृत्तिः—फिर उलटा पर्युक्षण करे । पवित्रे

प्रणीतापात्रे निधाय-पवित्रोको प्रणोता पात्र में रखकर। पातित्त दक्षिण-जानुः कुशेन ब्रह्मणान्वारब्धः समिद्धतमेऽग्नौ जुहुयात्—दाहिने घुटने को गिराकर कुश द्वारा ब्रह्मा से सम्बन्ध कर प्रज्वलित अग्नि में हवन करे।

हवंन

घृत से

ॐ प्रजापतये स्वाहा, इदं प्रजापतये नमम। ॐ इन्द्राय स्वाहा, इद-मिन्द्राय नमम। ॐ अग्नये स्वाहा, इदमग्नये नमम। ॐ भूः स्वाहा, इद-मग्नये। ॐ भुवः स्वाहा, इदं वायये। ॐ स्वः स्वाहा, इदं सूर्य्याय। एताः महाव्याहृतयः।

ॐ त्वन्नोऽग्ने वरुणस्य विद्वान्, देवस्य हेडोऽवयासिसीष्ठाः यजिष्ठो वह्नितमः शोशुचानो विश्वाद्वेषा ॅं सि प्रमुमुग्ध्यस्मत् स्वाहा—इदमग्नी-वरुणाभ्याम्।

ॐ सत्वन्नोऽग्नेऽवमो भवोतीनेदिष्ठो अस्याऽउषसो व्युष्टौ अवयक्ष्वनो वरुण ॅं रराणो व्वोहि मृडीक ॅं सुहवोनऽ एधि स्वाहा—इदमग्नो-वरुणाभ्याम्।

ॐ अयाश्चाग्ने स्यनभि शस्ति पाश्च सत्वमित्वमया असि, अयानो यज्ञं वहास्य यानो धेहि भेषज ॅं स्वाहा—इदमग्नीवरुणाभ्याम्।

ॐ येतेशतं वरुण ये सहस्रं यज्ञियाः पाशा ब्बितताः महान्तः तेभिर्नो-ऽद्य सवितोत विष्णुर्विश्वे मुञ्चतु मरुतः स्वर्काः स्वाहा—इदं वरुणाय सवित्रे विष्णवे विश्वेभ्योदेवेभ्यो मरुद्भ्यः स्वर्केभ्यश्च।

ॐ उदुत्तमं वरुणपाशमस्मद्वाधमे विमध्यम ॅं श्रथाय। अथाव्वयमा-दित्य व्रते तवानागमोऽदितये स्याम स्वाहा-इदं वरुणाय।

शाकल्य होमः

नवग्रहाणां होमः—ॐ सूर्य्यानमः स्वाहा-इदं सूर्य्याय। नमम। ॐ चन्द्रमसेनमः स्वाहा-इदं चन्द्रमसे नमम। ॐ भौमाय नमः स्वाहा-इदं

भौमाय नमम। ॐ बुधायनमः स्वाहा इद बुधाय नमम। ॐबृहस्पतयेनमः स्वाहा-इदं बृहस्पतये नमम। ॐ शुक्राय नमः स्वाहा-इदं शुक्राय नमम। ॐ शनैश्चरायनमः स्वाहा-इदं शनैश्चराय नमम। ॐ राहवेनमः स्वाहा· इदं राहवे नमम। ॐ केतवेनमः स्वाहा-इदंकेतवे नमम।

घनिष्ठा-ॐ वसोः पवित्रमसि शतघारं वसोः पवित्रमसि सहस्रघारम्। देवस्त्व सविता पुनातु वसोः पवित्रेण शतघारेण सुप्वा कामघुक्ष्वः स्वाहा-इदं घनिष्ठायै नमम।

शतभिषा—वरुणस्योत्तम्भनमसि वरुणस्य स्कम्भसर्जनीस्थो वरुणस्य ऋतसदन्यसि वरुणस्य ऋतसदनमसि वरुणस्य ऋतसदनमासीद स्वाहा। इदं शतभिषायै नमम।

पूर्वभाद्रपद—ॐ उत्तन्नोऽहिर्बुध्न्य शृणोत्वज एकपात् पृथिवी समुद्रः विश्वेदेवाऽऋतावृधो हुवानास्ता मंत्रा कविशस्ता अवन्तु स्वाहा-इदं पूर्वाभाद्रपदाय नमम।

उत्तराभाद्रपद—ॐ शिवोनामासि स्वधितिस्ते पिता नमस्ते अस्तु-मामाहि ५ सीः। निर्वर्तयाम्यायुषेन्नाद्याय प्रजननाय रायस्पोषाय सुवीर्य्याय स्वाहा-इदंउत्तराभाद्रपदाय नमम।

रेवती—ॐ पूषण तव व्रते वयन्न करिष्येम कदाचन स्तोतारस्त इह समसि स्वाहा-इदं रेवत्यै नमम।

मृत्युञ्जयदंष्ट्राकराल अघोरेभ्योऽथघोरेभ्यो घोर घोरतरेभ्यः सर्वेभ्यः सर्वतरेभ्यः नमस्तेऽस्तुरुद्ररूपेभ्यः स्वाहा इदं दंष्ट्राकरालायनमम।

ॐ असि यमो अस्यादित्यो अर्वणऽसीवृतोग्रहंयेन सोमेन समयाभि· पृक्त आहुस्ते स्त्रीणि दिवि बंधनानि स्वाहा-इदंयमाय। ॐ मृत्यवे स्वाहा—इदं मृत्यवे। ॐ अन्तकाय स्वाहा—इदमन्तकाय। ॐ वैवस्वताय स्वाहा—इदं वैवस्वताय। ॐ कालाय स्वहा—इदंकालाय ॐ सर्वभूतक्षयाय स्वाहा-इदं सर्व भूतक्षयाय। ॐ औदुम्बराय स्वाहा—इदमौदुम्बराय। ॐ दध्नाय स्वाहा—इदंदध्नाय। ॐ नीलाय स्वाहा—इदं नीलाय। ॐ परमेष्ठिने स्वाहा—इदं परमेष्ठिने। ॐ वृकोदराय स्वाहा-इदं वृकोदराय ॐ चित्राय स्वाहा-

इदं चित्राय । ॐ चित्रगुप्ताय स्वाहा—इदं चित्रगुप्ताय । ॐ काल्य स्वाहा । ॐ विकराल्यै स्वाहा । ॐ भीषणायै स्वाहा । ॐ संहारिण्यै स्वाहा । ॐ दुराधर्षिण्यै स्वाहा । पुनः शिव सूक्तपाठः—नमस्तेरुद्र-मन्यत्र उतोत इषवेनमः बाहुभ्यामुततेनमः । यातेरुद्रशिवातनूरघोरा पाप-काशिनी । १०८ वार ॐ विष्णोरराटमसिविष्णो स्नप्त्रेस्थो विष्णो स्युरसि विष्णोर्ध्रुवोऽसि वैष्णवमसि विष्णवेत्वा । १०८ वार । शन्नो देवी रभोष्टये आपो भवन्तु पीतये शंय्योरभिश्रवन्तुनः । आपोहिष्ठा मयो भुव-स्तान ऊर्जे दधातनः महेरणाय चक्षसे योवः शिवतमोरसः तस्य भाजयते हनः उशतोरिवमातरः तस्माऽरङ्ग मामव यस्यक्षयाय जिन्वथ । स्वाहा ॐ प्रजापतये स्वाहा-इदं प्रजापतये । ॐ अग्नये सुष्टकृते स्वाहा-इदंमग्नये सुष्ठकृते । संस्रव प्राशनम्—आचमन करे ।

ब्रह्मणे पूर्णपात्र दानम्—ॐ तत् सत् इत्यादि अमुकगोत्रः अमुक-शर्म्माहं अमुक गोत्रस्यामुकप्रेतस्य पञ्चकमध्ये दुर्मरण दोष निवृत्यर्थं कृतस्य पञ्चकशान्ति अङ्गीभूत हवनस्य प्रतिष्ठासिद्ध्यर्थं इदं पूर्णपात्रं अमुकगोत्राय अमुकशर्म्मणे ब्राह्मणाय तुभ्यमहं सम्प्रददे ॥

ब्रह्मग्रन्थिविमोकः—ब्रह्म के गंठको खोलदे, शिरसमार्जन-ॐ सुमि-त्रियान आप ओषधयः सन्तु-इससे अपने माथे को प्रणीता के जल से पोछले ईशान में प्रणोता न्युब्जाकरण-प्रणीता को उलट दे बर्हिहोमः—

इन्द्रादिभ्यो बलि—दही में उरद मिलाकर, भात, दोया दशो दिक्पालको थोड़ा थोड़ा पत्ते में देकर बलि दे ।

पूरब इन्द्रको—इन्द्रायसाङ्गाय सपरिवाराय एतं सदोपं माष भक्त बलिं समर्पयामि भोइन्द्र दिशं रक्ष बलिं भक्ष यजमानस्य आयुकर्ता तुष्टि कर्ता पुष्टिकर्ता वरदो भव । इसी तरह—आग्नेयदेव, यमदेव, नैऋत्यदेव, वरुणदेव, वायव्यदेव, कुबेरदेव, ऐशान्य देव, ब्रह्मदेव, अनन्त देव को देवे ।

पूर्णाहुतिः—ॐ अद्य इत्यादि अमुक गोत्रः अमुक शर्म्माऽहं अमुक गोत्रस्यामुकप्रेतस्य पञ्चकमध्ये दुर्मरणदोषनिवृत्यर्थं कृतस्य पञ्चक-शान्तिकर्माङ्गभूतहवनस्य पूर्णा हुतिं करिष्ये ।

त्र्यायुषः—स्रुवा से हवन कुण्ड से राख निकालकर यजमानको करेः—त्र्यायुषं जमदग्नेः—ललाट में। कश्यपस्य त्र्यायुषम्—कंठ में। यद्देवेषुत्र्यायुषम्-दाहिने हाथ के मूल में। तन्नोऽस्तु त्र्यायुषम् हृदय में। धनिष्ठादि नक्षत्रों के मन्त्रों से कम से कम एक बार तर्पण। कलश से जल निकालकर अभिषेक—विधि महेश सुरेश दिवाकराः, सुरयमाग्नि गणेश धनाधिपाः। शनकशौनक नारद शारदाः कुरुत शं सततं तवकर्मसु ॥

—:०:—

वरवरण (तिलक)

तिलक की सामग्री

पीला अक्षत, मलेयागिर चन्दन, एक मूठ पान, कसईलो, दूब, रोरी, पान हरदी, पटमौरी, ऋतु फल, मिठाई, वर के लिये धोती, चादर, कुर्ता गंजी, जनेऊ, टोपी, डंडा, फूल की माला, एक कोरवा में दही, नारियल, कटोरा, लोटा थाली इत्यादि।

वर, गणेशादि पूजन के लिए पूरब की ओर मुखकरके खड़े हो जाय। आचार्य्य आसन पर अक्षत छोटे—नापित एक थाली में पैर धोवे। पुनः वर, दाहिना पैर देकर बैठे।

(१) कर्म पात्र में गंगाद्यावाहन—गंगे च यमुने चैव गोदावरी सरस्वती, नर्मदे सिन्धु कावेरि जलेऽस्मिन् सन्निधिं कुरु।

(२) कर्म पात्र में फूल अक्षत—पवित्रेस्थो वैष्णव्यो सवितुर्वः प्रसवः उत्पुनाम्यच्छिद्रेण पवित्रेण सूर्य्यस्य रश्मिभिः। तस्यते पवित्रपते पवित्रपूतस्य यत्कामः पुने तच्छकेयम्।

(३) कर्म पात्र में चन्दन—गन्धद्वारां दुराधर्षां नित्यपुष्टां करीषिणीमीश्वरीं सर्व भूतानां तामिहो पह्वयेश्रियम्।

(४) शुद्धीकरणः—ॐ अपवित्रः पवित्रोवा सर्वावस्थांगतोऽपिवा। यः स्मरेत्पुण्डरीकाक्षं सबाह्याभ्यन्तरः शुचिः।

(५) आसन शुद्धिः—ॐ पृथ्वि त्वया धृता लोका देवित्वं विष्णुना धृता। त्वं च धारय मां देवि पवित्रं कुरु चासनम्॥

(६) यज्ञोपवीतः—यज्ञोपवीतं परमं पवित्रं प्रजापतेर्यत्सहजंपुरस्तादायुष्यमग्र्यं प्रतिमुञ्च शुभ्र यज्ञोपवीतं बलमस्तु तेजः।

(७) चन्दन—गन्धद्वारां दुराधर्षां नित्यपुष्टांकरीषिणीम् इत्यादि।

(८) शिखा बन्धन—ब्रह्म वाक् सहस्राणि शिववाक् शतानिच। विष्णु स्मरणमात्रेण शिखाबन्धं करोम्यहम्।

(९) आचमन (तीन बार)—ॐ भूः नमोनारायणाय, ॐ भुवः नमोगोविन्दाय, ॐ स्वः नमोवासुदेवाय ।

(१०) जल अक्षत लेकर स्वस्तिवाचन करेः—ॐ स्वस्तिनः इत्यादि

(११) जल अक्षत कसईली पैसा लेकर संकल्पः—ॐ तत्सत् इत्यादि अमुकगोत्रः अमुक शर्म्माहं भविष्यदुद्वाह अङ्गीभूते वरवरणविधौ कलश-स्थापनं निर्विघ्नता सिद्ध्यर्थं गौरी गणेश पूजनं च करिष्ये :

(११) वर गौरी गणेश पूजन, कलश स्थापन पञ्चलोकपाल, नव ग्रहादि देवताओं का पूजन (पौरोहित्यकर्म पद्धति से) करे।

(१२) कन्या का भाई या पुरोहित या पिता एक आसन पर आचार्य्य द्वारा अक्षत छींटने पर पश्चिम की ओर मुख करके बैठ जाय ।

(१३) अपने को पवित्र करके आचार्य्य द्वारा चन्दन कर के संकल्प करे—ॐ तत्सत् इत्यादि अमुकगोत्रः अमुकशर्म्माऽहं अमुक गोत्रायाः अमुकनाम्न्या भगिन्या (कन्यायाः) भविष्यदुद्वाहकर्माङ्गभूतवरपूजन-पूर्वकं वरणं निर्विघ्नता सिद्ध्यर्थं गौरीगणेश पूजनं च करिष्ये ।

गौरी गणेश का पूजन करे

(१४) वर पूजन—भाई या पिता वर के पैर धावे—मन्त्र ॐ व्विराजो दोहोसि । व्विराजो दोहमशीय मयिपाद्यायै व्विराजो दोहः ।

(१५) चन्दनः—गन्धद्वारां दुराधर्षां नित्य पुष्टा कराषिणी मीश्वरीं सर्वभूतानां तामिहोपह्वये श्रियम् ।

(१६) फूल माला—ॐ यद्यशोऽप्सरसामिन्द्रश्चकार विपुलं पृथु । तेन संग्रथिता सुमनसः आवध्नामि यशो मयि ।

(१७) दोनों अञ्जलि में अक्षत लेकर कलश में स्पर्श कराकर वरकी अञ्जलि में पांच बार दे ।

मन्त्र—अक्षन्नमीमदन्त ह्यवप्रिया अधूषत । अस्तोषत स्वभावनो व्विप्रानविष्टयामती यो यान्विन्द्रते हरि ।

(१८) चन्दन कटोरा वस्त्र इत्यादि हाथ में लेकर संकल्प—ॐ तत्सत् इत्यादि अमुक गोत्रः अमुक शर्म्माहं अमुक गोत्रायाः अमुक नाम्न्या

भगिन्या: कन्याया: वा भविष्यदुद्वाहकर्म्माङ्गभूतवरवरणविधौ एभिर्वरण-द्रव्यैः अक्षत पुष्प चन्दन ताम्बूल नारिकेल हरिद्रा पूर्वान्माङ्गलिक सूत्र-द्रव्य भाजन वासोभिश्च अमुक गोत्रम् शर्म्माणं (ब्राह्मणं) वर्माणं (क्षत्रियं) गुप्तं (वैश्यं) (दासं) (शूद्रम्) वरं कन्यापरिगृहीतृत्वेन त्वामहं वृणे।

(१९) वर—वृतोऽस्मि, ॐ द्यौस्त्वा ददातु पृथ्वीत्वा प्रतिगृह्णातु। यह कह कर ले ले।

(२०) वर- व्रतेन दीक्षामाप्नोति दीक्षयाऽऽप्नोति दक्षिणां। दक्षिण या श्रद्धामाप्नोति श्रद्धया सत्यमाप्यते।

(२१) कन्या का भाई या पिता—पान के पत्ते पर दही रखकर वर के ललाट पर साटे मन्त्र—युञ्जन्ति ब्रध्नमरुषञ्चरन्तिम्परतस्थुषः रोचन्ते रोचनादिवि। युञ्जन्त्यस्य काम्या हरी विपक्षसारथे। शोणा-धृष्णू नृणाहसा।

(२२) कन्या का भाई हाथ में अक्षत लेकर भूयसी दक्षिणा का संकल्प करे—ॐ तत्सत् इत्यादि अमुकगोत्रः अमुक शर्म्माऽहं कृतस्य वर वृत्ति कर्मणः साङ्गतासिद्ध्यर्थं तन्मध्ये न्यूनातिरिक्तदोषपरिहारार्थं नानानामगोत्रेभ्यो ब्राह्मणेभ्यो यथोत्साहं भूयसीं दक्षिणां विभज्य दातुमह-मुत्सृजे।

(२३) वर भी भूयसी दक्षिणा और ब्राह्मण भोजन दक्षिणा करे-ॐ तत्सत् इत्यादि अमुक गोत्रः अमुकशर्म्माहं वरवरणविधेः साङ्गतासिद्ध्यर्थं-तन्मध्ये न्यूनातिरिक्तदोषपरिहारार्थं नाना नाम गोत्रेभ्यो ब्राह्मणेभ्यो यथोत्साहं भूयसीं दक्षिणां विभज्यदातुमहमुत्सृजे तथा यथा संख्यकान् ब्राह्मणान् च भोजयिष्ये।

(२४) आचार्य्य कन्या के भाई के हाथ में कंगन बाँध दे—येन बद्धो बली राजा दानवेन्द्रो महाबलः इत्यादि।

(२५) वर, देवताओं का विसर्जन करे—अक्षत लेकर मन्त्र पढ़ेः— यान्तु देवगणाः सर्वे पूजामादाय मामकीम्। इष्टकामसमृद्ध्यर्थं पुनरागमनाय च।

(२६) वरको आशीर्वाद देने के लिये सभी लोगोंको अक्षत वितरित कर आचार्य्य—लक्ष्मीस्ते पङ्कजाक्षी निवसतु भवने, भारती कंठ देशे बर्द्धन्तां वन्धु वर्गाः प्रवलरिपुगणा यान्तु पातालमूले। देशे देशे च कीर्तिः प्रभवतु भवता पूर्णकुन्देन्दु शुभ्रा जीवत्वं पुत्रपौत्रैः स्वजनपरिवृतः भोज्यतां राजलक्ष्मीः।

(२७) आचार्य्य वरको कंगन बाधे–येन बद्धो बलीराजा इत्यादि।

(२८) कहीं तो उसी समय धान वट जाता है और कही दूसरे रोज भी जब कभीं हो दोनों ओर से सवासेर धान और पांच दाना हरदी तथा पांच कसईलो दूब लेकर दोनों धान फेटकर–मङ्गलं भगवान् विष्णुः मङ्गलं गरुडध्वजः इत्यादि मन्त्र कहकर बराबर बराबर बांट दे।

वर वरण विधि समाप्त

—:०·०:—

मंडप स्थापन पूजन

जिस लड़का या लड़की का विवाह हो उसी के हाथ से नापकर मण्डप का निर्माण करे। सात हाथ लम्बा और पांच हाथ चौड़ा या नव हाथ लम्बा और सात हाथ चौड़ा। आज कल यही प्रचलित है। किन्तु वशिष्ठ ने लिखा है कि "षोडशारत्निकं कुर्य्यात् चतुर्द्वारोपशोभितम्। मण्डपं तोरणैर्युक्तं तत्र वेदीं प्रकल्पयेत्।

सप्तर्षि के मत से—मङ्गलेषु च सर्वेषु मण्डपो गृहवामतः। कार्य्यः षोडशहस्तो वा ह्यूनहस्तो दशावधि।

(१) जिस गड्ढे में बांस गाड़ा जाय उस गड्ढे को खोदने के लिए कुदाल या खनती लेने का मन्त्रः—देयस्यत्वा सवितुः प्रसवेऽश्विनोर्बाहुभ्याम् पूष्णो हस्ताभ्याम्।

(२) जहाँ गड्ढा खना जायगा वहां रेखा करना मन्त्र—इदमहं रक्षसां ग्रीवा अपि कृन्तामि।

(३) गड्ढा खनने का मन्त्र—ॐ मावोरिषत्खनिता यस्मैं चाहं खनामि वः द्विपाच्चतुष्पादस्माकं सर्वमस्त्वनातुरम्।

(४) गड्डे में जल दे:—सिञ्चन्ति परिषिञ्चन्ति उत्सिञ्चन्ति पुनन्ति च। सुरायै बभ्रमदे किन्त्वो व्रदति किंत्वः।

(५) उस गड्ढे में यव छोटें—ॐ यवोऽसि यवया स्मद्वेषो यवयारातीः। कुश पीला सरसो भी विना मन्त्र के डाल दे।

(६) दूब डालना—काण्डात् काण्डात्प्ररोहन्तो परुषः परुषस्परि। एवानो दूर्वे प्रतनु सहस्रेण शतेन च।

(७) गड्ढे में दहा डालना:—दधि क्राव्णोऽकारिषं जिष्णोरश्वस्य-वाजिनः। सुरभिनोमुखाकरत् प्रण आयूंषि तारिषत्।

(८) गड्ढे में कसईली—ॐ याः फलिनोर्य्या अफला अपुष्पायाश्च पुष्पिणो। वृहस्पति प्रसूतास्तानो मुञ्चन्त्व ५ हसः :

(९) गड्ढे में पैसा:-हिरण्यगर्भः समवर्तताग्रे भूतस्य जातः पतिरेक आसीत् । सदाधार पृथ्वीं द्यामुते मां कस्मैदेवाय हविषा विधेम ।

(१०) गड्ढे में बांस गाड़े-मन्त्र—ॐ उच्छ्रयस्व ब्बनस्पत ऊर्ध्वो मा पाह्यं हसः आस्य यज्ञस्यो दृचः ।

(११) गड्ढे में बांस रोपने का मन्त्र—ॐ ऊर्ध्वं ऊषुण ऊतये तिष्ठा देवोन सविता । ऊर्ध्वो व्वाजस्य सनिता यवञ्जिभि ब्बाघद्भिः दिह्वयामहे ।

(१२) बांस स्थिर करने का मन्त्र—ॐ स्थिरोभव बोड्वङ्ग आशुर्भत ब्बाज्यर्वन् । पृथुर्भव सुखदस्त्वमग्नेः पुरीष वाहणः ।

(१३) बांस में मण्डप मातृकाओं का निम्नलिखित अनुसार पूजन करे—(१) अग्निकोण के बांस में ॐ नन्दिन्यै नमः नन्दिनीमावाहयामि पूजयामि पुष्प धूपादि से पूजन करे । (२) नैऋत्य कोण के बांस में ॐ नलिन्यैनमः नलिनीमावाहयामि पूजयामि । (३) वायव्य कोण में ॐ मैत्रायै नमः मैत्रामावाहयामि पूजयामि । (४) ईशानकोण के बांस में ॐ उमायैनमः उमामावाहयामि पूजयामि । (५) मण्डप के बीच वाले स्तम्भ में ॐ पशुर्बर्द्धिन्यै नमः पशुर्वर्द्धिनोमावाहयामि पूजयामि ।

(१४) उसके बाद अष्ट कुलोनाग, दशदिक्पाल, ब्रह्मा, विष्णु, शिव, इन्द्र की पूजाकरे । वीच वाले स्तम्भ में बांसकी करची गाड़ दे ।

मण्डप में

(१) तोरण मातृ नामानि—मतिः सिद्धिः घृतिर्लक्ष्मोः गौरी श्रीः अपराजिता । सर्व मङ्गल कार्य्येषु मातरः सप्ततोरणाः ।

(२) मृण्मातृनामानि— पाताली, रेणुका धूम्रा, चण्डिका च प्रचण्डिका । मोहिनो यक्षिणी चैव सप्तैताः मृण्मातरः ।

(३) मण्डपमातृ नामानि—लक्ष्मीः रम्भा सुभद्रा च यशोदा सुभगा भया । जीवन्ती क्षोरवृक्षा च अष्टौ मण्डपमातरः ।

(४) द्वारमातृनामानि—कुमारी धनदा नन्दा मङ्गला विमला शुभा । पद्मा चैव सुनामानि सप्तैता द्वारमातरः ।

(५) घृतमातृनामानिः—कीर्तिर्लक्ष्मीर्घृतिर्मेधा स्वाहा प्रज्ञा सरस्वती । माङ्गल्येषु प्रपूज्यन्ते सप्तैता घृत मातरः ।

हरिद्रा लेपन

हरदो का विघन

जिसका विवाह हो वह मण्डप के रोज कलश स्थापन एवं पूजन करे आचार्य्य द्वारा अक्षत छिटे हुए आसन पर वर या कन्या बैठ जाय। तीन बार आचमन करे, माथे पर जल छीटे, अक्षत जल लेकर स्वस्ति वाचन करे। पुनः अक्षत जल, पैसा कसईली लेकर संकल्प करे—ॐ तत्सत् इत्यादि अमुक गोत्रः अमुक नाम शर्म्माहं कन्या हो तो अमुक गोत्रा अमुक नाम्नी कन्याऽहं स्वकीयोद्वाहाङ्गीभूतं हरिद्रालेपनं तथा निर्विघ्नतासिद्धयर्थं गौरीगणेशादि पूजनं च करिष्ये। इसके बाद पौरोहित्य-कर्म पद्धति, या ग्रह शान्ति, के द्वारा पूजन करे। पूजन करने के बाद बांस को करचो हरीश के साथ गाड़ दे मन्त्र--यथा ब्रह्मा पुरा मेरुः स्थापितः पृथिवीतले। तथैवाऽऽरोपितः वंश बंशवृद्धि करोतु मे।

हरदी संकल्पः—वर या कन्या के पिता अपने हाथ में पीसी हुई हरदी का पात्र लेकर, अक्षत द्रव्य जल लेकर संकल्प करे—ॐ तत्सत् इत्यादि अमुक गोत्रः अमुकशर्म्माहं मम सुतस्य अथवा कन्यायाः भविष्यदुद्वाहाङ्गीभूतं हरिद्रालेपनार्थं हरिद्रासंकल्पं करिष्ये। यह कहकर वर या कन्या के हाथ में दे दे। पुरोहित पहले गणेशादि पर हरदी लेपन कर वर या कन्या को हरदी गावे। मन्त्र-काण्डात्काण्डात् प्ररोहन्ती परुषः परुषः स्परि। एवानो दूर्वे प्रतनु सहस्रेण शतेन च। पुनः और लोग हरदी चढ़ावे। दक्षिणा—कृतैतत् हरिद्रालेपनसाङ्गता सिद्धयर्थं आचार्य्याय दक्षिणां तुभ्यमहं संप्रददे। भूयसीदक्षिणां च करिष्ये यथासंख्यकान् ब्राह्मणान् च भोजयिष्ये।

मातृका पूजन

वर पिता या कन्या पिता पत्नी सहित मण्डप में आकर आचार्य्य द्वारा अक्षत छिटे आसन पर दाहिना पैर देकर बैठ जाय। पृथ्वी शुद्धि,

आसन शुद्धि, कर्मपात्र में गंगाद्यावाहन, पवित्रीकरण, यज्ञोपवीत बदलना शिखा बन्धन, तीनबार आचमन, गायत्री या भगवन्नाम का जप, स्वस्ति वाचन, अक्षत पुष्प जल लेकर संकल्प—ॐ तत्सत् इत्यादि अमुक गोत्रः अमुकशर्म्माऽहं सपत्नीकोऽहं स्वकीयपुत्रस्य कन्यायाः वा विवाहाङ्गीभूतं स्वस्ति पुण्याहवाचनं मातृकापूजनं वसोर्द्धारापूजनं आयुष्य मन्त्रजपं सांकल्पितेन विधिना नान्दीश्राद्धं तत्रादौ निर्विघ्नता सिद्धयर्थं गणेशाम्बिकयोः पूजनं घृतोद्धारणं च करिष्ये। ये सभी कर्म 'पौरोहित्य कर्म पद्धति, या ग्रह शान्ति, से करे। वहाँ ही पर तृणमातृ, तोरणमातृ घृत मातृ, मृण्मातृ की पूजा करे। मण्डप विधान में तृण मातृ इत्यादि का मन्त्र लिख दिया गया है। घी ढारना—यजमान की पत्नी घी का कटोरा हाथ में ले और यजमान आमके पत्ते से घी लेकर सभी देवताओं और तृण मातृ पर घी ढारकर अपनी पत्नी के माथे के केश में स्पर्श करावे। मन्त्र—वसोः पवित्रमसि शतधारं वसोः पवित्रमसि सहस्रधारं। देवस्त्वा-सविता पुनातु व्वसोः पवित्रेण शतधारेण सुप्वा कामधुक्ष्व। इसके बाद वस्त्रादि से आचार्य्य माता पिता या वृद्ध जनों को पर पूजन करे। इसके बाद कोहबर के द्वार पर दाहिनी ओर गोबर की तीन मूर्तियों का पूजन करे। (१) जयन्त्यै नमः जयन्ती मावाहयामि पूजयामि (२) मङ्गलायैनमः मङ्गलामावाहयामि पूजयामि। (३) पिङ्गलायैनमः पिङ्गलामावाहयामि पूजयामि। पाद्य अर्घ्यं इत्यादि से पूजन करे और घीढार कर बचे घी को एक ढकनी में रखी हुई आग में डालता जाय। इसी तरह द्वार के वाम भाग में गोबर की दो मूर्तियां बनाकर (१) आनन्दवर्द्धिन्यैनमः आनन्द बर्द्धिनीमावाहयामि पूजयामि। (२) महाकाल्यैनमः महाकालीमावाहयामि पूजयामि। पाद्य अर्घ्यादि से इन दोनों का पूजन करके पूर्ववत् घी ढारे।*

इसके बाद भीतर जाकर पूरब की दीवार में एक गणेश और षोडशमातृका के लिये गोबर साटकर इस मंडल से पूजन करे—ॐ गौरी

---

* कहीं कहीं पर द्वार के दक्षिण भाग में एक ॐ गंगायैनमः वाम भाग में एक यमुनायैनमः। द्वार के ऊपर सरस्वत्यैनमः।

पद्माशची मेधा सावित्री विजया जया। देवसेना स्वधा स्वाहा मातरो लोकमातरः। धृतिः पुष्टिः स्तथा तुष्टि रात्मनः कुल देवता। गणेशेनाधिका-ह्येता वृद्धो पूज्या श्चसर्वतः। पाद्यं अर्घ्यं समर्पयामि षोडशमातृ-भ्योनमः।

सप्त धृत मातरः—षोडश मातृका के उत्तर भाग में दीवार पर हो रोरी या सिन्दूर से सात विन्दु बनावे और पूजन करेः—(१) श्रियैनमः श्रियमावाहयामि पूजयामि (२) ॐ लक्ष्म्यै नमः लक्ष्मीमाव्वाहयामि पूजयामि। (३) ॐ धृत्यैनमः धृतिमावाहयामि पूजयामि। (४) ॐ मेधायै नमः मेधामावाहयामि पूजयामि। (५) ॐस्वाहायैनमः स्वाहामावाहयामि पूजयामि। (६) ॐ प्रज्ञायै नमः प्रज्ञामावाहयामि पूजयामि। (७) ॐ सरस्वत्यैनमः सरस्वतीमावाहयामि पूजयामि। पाद्य अर्घ्यं आचमनो स्नानं चन्दनं पुष्पं धूपं दीपं नैवेद्यं द्रव्य दक्षिणां च समर्पयामि सप्तधृत मातृभ्योनमः।❋

इसके बाद घोडारे-यमोः पवित्रमसिशतधारम् इत्यादि।

यजमान आयुष्य मन्त्र जप करे—ॐ आयुष्यं वर्चस्यं रायस्पोष-मौद्भिदम्। इदं हिरण्यं वर्चस्व जैत्राया बिशताद्रुमाम्।

अथ नान्दी श्राद्ध प्रयोग

सामग्री—दूब दूध यव फूल अक्षत चन्दन कुश चावल दही, मीठा आम का पत्ता। आचार्य्य उत्तर मुह करके और यजमान पूरब मुह करके बैठे। एक पत्तल पर पूरब की ओर विश्वदेव के लिए दो जगह एक एक दूब पूरब पश्चिम के क्रम से रखे। इसके बाद विश्वदेव के नीचे दक्षिण माता बीच में पितामही सबसे उत्तर प्रपितामही के लिये दूब का एक एक आसन पूरब पश्चिम के क्रम से रखे। उसके नीचे सबसे दक्षिण पिता मध्यमें पितामह और उत्तर में प्रपितामह के लिये दूब का एक एक आसन

❋ कहीं पर मण्डप पर ही पलाशके पत्ते पर बिन्दु बनाकर सप्तघृत मातृका पूजन होता है।

पूरब पश्चिम के क्रम से रखे। उसके नीचे—मातामह प्रमातामह वृद्ध प्रमातामह सपत्नीक इनके लिये भी दूब का एक एक आसन दक्षिण, मध्य में, तब उत्तर उसी क्रम से रखे। विश्वदेव पूजन–दूर्बा की पवित्री बनाकर हाथ में धारण करके यव जल लेकर–सत्यवसुसंज्ञका: विश्वे देवा: नान्दीमुखा: भूर्भुव:स्व: इदं व: पाद्यं पाद्यावनेजनं वृद्धि:। आसन सत्यवसु संज्ञको विश्वेदेवा: नान्दीमुखा: भूर्भुव: स्व: इमे आसने वा नम:। यह कह कर विश्वदेव के आसन पर जल छोंट दे। चन्दन पुष्प अक्षत:—सत्यवसु संज्ञका: विश्वे देवा: नान्दीमुखा: भूर्भुव: स्व: इदं गन्धाद्यर्चनं स्वाहा सम्पद्यतां वृद्धि:।

भोजन निष्क्रयदानम्–अक्षत जल लेकर सत्यवसुसंज्ञका: विश्वे देवा: नान्दीमुखा: भूर्भुव: स्व: इदंयुग्मब्राह्मणभोजनपर्याप्तं आमान्नं अथवा तन्निष्क्रयभूतं द्रव्यम् अमृतरूपेण स्वाहासम्पद्यतां वृद्धि:। दूध और जल विश्वदेव पर चढ़ावे:–सत्यवसुसंज्ञका: विश्वेदेवा: नान्दीमुखा: प्रीयन्ताम्।

माता पितामही प्रपितामही—(१) मातृ पितामही प्रपितामह्य: नान्दीमुख्य: भूर्भुव: स्व: इदंव: पाद्यं पाद्यावनेजनं पादप्रक्षालनं वृद्धि:। जल अक्षत छोट दे। (२) पितृपितामह प्रपितामहा: नान्दीमुखा: भूर्भुव: स्व: इदंव: पाद्यं पादावनेजनं पादप्रक्षालनं (३) मातामह प्रमातामह वृद्ध प्रमातामहा: सपत्नीका नान्दीमुखा: भूर्भुव:स्व: इदंपाद्यं पादावनेजनं पादप्रक्षालनं वृद्धि:।

आसन—मातृ पितामही प्रपितामह्य: नान्दीमुख्य: भूर्भुव: स्व: इमे आसने वो नम:। आसन पर जल अक्षत छोंट दे।

आसन—पितृ पितामह प्रपितामहा: नान्दीमुखा: भूर्भुव: स्व: इमे आसने वो नम:। आसन पर अक्षत आसन—मातामह प्रमातामह वृद्ध प्रमातामहा: सपत्नीका: नान्दीमुखा: इमे आसने वा नम:। आसन पर अक्षत।

चन्दन—मातृ पितामही प्रपितामह्य: नान्दीमुख्य: भूर्भुव: स्व: इदं गन्धाद्यर्चनं स्वाहा सम्पद्यतां वृद्धि:।

चन्दन—पितृपितामहप्रपितामहाः नान्दीमुखाः भूर्भुवः स्वः इदं गन्धाद्यर्चनं स्वाहा सम्पद्यतां वृद्धिः।

चन्दन—मातामह-प्रमातामह-वृद्धप्रमातामहा नान्दीमुखाः सपत्नीकाः भूर्भुवः स्वः गन्धाद्यर्चनं स्वाहा सम्पद्यताम्।

आमान्न (चावल दाल) या उसका द्रव्य दान—ॐ मातृ-पितामही-प्रपितामह्यः नान्दीमुख्यः पितृपितामहप्रपितामहाः नान्दीमुखाः मातामह-प्रमातामह-वृद्धप्रमातामहाः सपत्नीका नान्दीमुखाः भूर्भुवः स्वः इदं युग्मब्राह्मणभोजनपर्य्याप्तं आमान्नं अथवा आमान्ननिष्क्रयभूतं द्रव्यं अमृतरूपेण स्वाहा सम्पद्यतां वृद्धिः।

दूध यव, जल—ॐ मातृ-पितामही-प्रपितामह्यः नान्दीमुख्यः प्रीयन्ताम्। दूध यव जल—पितृ-पितामह-प्रपितामहाः नान्दीमुखाः प्रीयन्ताम्। दूध यव जल—मातामह-प्रमातामह-वृद्धप्रमातामहाः सपत्नीका नान्दीमुखाः प्रीयन्ताम्। पाँचों स्थान पर जल दे—शिवा आपः सन्तु। फूल—सौमनस्यमस्तु। अक्षत—अक्षतं चारिष्टमस्तु। जलधारा पश्चिमसे पूरब की ओर गिरावे—अघोराः पितरः सन्तु।

हाथ जोड़ कर प्रणाम करे—ॐ गोत्रं नो बर्द्धतां दातारो नोऽभि-बर्द्धन्ताम्, वेदाः सन्ततिरेवच। श्रद्धा च नो माव्यगमद् बहुदेयं च नोऽस्तु। अन्नं च नो बहुभवेदतिथींश्च लभेमहि। याचितारश्च नः सन्तु मा च याचिष्म कंचन। एताः सत्याशिषः सन्तु-यजमान बोले।

ब्राह्मण बोले—सन्तु एताः सत्याशिषः। दक्षिणा दान—(अक्षत जल लेकर) सत्यवसुसंज्ञका विश्वेदेवाः नान्दीमुखाः भूर्भुवः स्वः कृतैतन्नान्दीश्राद्धफलप्रतिष्ठासिद्ध्यर्थं द्राक्षामलकयवमूलनिष्क्रयिणीं दक्षिणां दातुमहमुत्सृजे।

दक्षिणादानम्—मातृ-पितामही-प्रपितामह्यः नान्दीमुख्यः पितृ-पितामह-प्रपितामहा नान्दीमुखाः मातामह-प्रमातामह-वृद्धप्रमातामहा नान्दीमुखाः सपत्नीकाः भूर्भुवः स्वः कृतैतन्नान्दीश्राद्धफलप्रतिष्ठा-सिद्ध्यर्थं द्राक्षामलकयवमूलनिष्क्रयिणीं दक्षिणां दातुमहमुत्सृजे।

अर्घ्यदान— (अर्घा में या पत्ते की दूनी में) यव, पीली सरसों, फूल दूब, जल लेकर—मन्त्रः—उपास्मै गायता नरः पवमानायेन्दवे। अभि देवां इयक्षते, ओम् इडामग्ने पुरुदंसं सनिङ्गोः शश्वत्तमं हवमानाय साध। स्यन्नः सूनुस्तनयो विजावाग्रे साते सुमतिर्भूत्वस्मे। अर्घ्य का जल गिरा दे। यजमान—अनेन नान्दीश्राद्धं सम्पन्नम्। ब्राह्मण—सुसम्पन्नम्। विसर्जन—व्वाजे व्वाजे बत व्वाजिनो नो धनेषु विप्रा अमृता ऋतज्ञा। अस्य मध्वः पिबत मादयध्वं तृप्ता यात पथिभिर्देवयानैः। आमा व्वाजस्य प्रसवोजगम्यादेवे द्यावापृथिवी, विश्वरूपे। आमागन्ता पितरा मातरा च मा सोमो अमृतत्वेन गम्यताम्। ॐ विश्वेदेवाः प्रीयन्ताम्॥

नान्दी श्राद्ध समाप्त।

अथ विवाह प्रकरणम्

विवाह—वि, उपसर्ग 'वह' धातु से घञ् प्रत्यय लगने पर विवाह शब्द सिद्ध होता है। इसका अर्थ यह हुआ कि उत्तम वस्तु की प्राप्ति। यहाँ वरको कन्या और कन्या को वर यही उत्तम वस्तु है। बरात—वर +अत इन दोनो के मेल से बरात शब्द का निर्माण हुआ है। अत् सातत्यगमने इस धातु से घञ् प्रत्यय लगने पर आत शब्द सिद्ध हुआ अतः बरात शब्द का अर्थ हुआ वरका जाना या आना। जनवासा—जनावास, शब्द का अपभ्रंश जनवासा शब्द है। इसका अर्थ हुआ जनों का आवास-लोगों के रहने का स्थान।

द्वारपूजा—बरात आने के बाद द्वार पर कलश स्थापन कर पूजन करे। कहीं कहीं पर पालकी पर ही स्वस्ति वाचन गौरी गणेशादि का पूजन करते हैं। उसके बाद कन्या पिता अञ्जुलिमें चावल लेकर कलश और गणेश में स्पर्श कराकर वर की अञ्जलि में पांच वार दे और देशाचार के अनुसार रुपया भी दे। उसके बाद पान के पत्ते पर दही अक्षत रख कर वरके ललाट में साट दे अन्त में आशीर्वाद देकर बिदा करे।

कन्या निरीक्षण-(गुरहथी)

मण्डप में कन्या को बुलाकर, बरात के लोगों को भी बुलाकर, कन्या द्वारा गणेशादि पूजन कराकर, वर का बड़ा भाई या पुरोहित कन्या निरीक्षण का कार्य्य सम्पन्न करे। वर का भाई एक आसन पर कन्या के सामने पश्चिम की ओर मुँह करके आचार्य्य के द्वारा अक्षत छोंटने पर बैठ जाय। नाई पैर धावे, ॐ अपवित्रः इत्यादि से शरीर शुद्ध करले, पुनः यज्ञोपवीत चन्दन करके संकल्प करे—ॐ तत्सत् इत्यादि अमुक गोत्रः अमुक शर्म्माऽहम् कन्यावरणविधौ गणेशादि पूजनं करिष्ये। गणेशादि देवों का पूजन करे। बाद में अपनी अञ्जलि में चावल भरकर

कलश मे स्पर्श कराकर कन्या की अञ्जलि में पांच बार दे। इसके बाद भूषण वस्त्र भी समर्पित करे। पुनः पान के पत्ते पर दही अक्षत लेकर कन्या के ललाट पर साट दे मन्त्रः—युञ्जन्ति ब्रध्नमरुषं चरन्तिम्परतस्थुषः रोचन्ते रोचनादिवि। युञ्जन्त्यस्य काम्या हरीविपक्षसारये शोणा घृष्णू निर्वाहसा।

भूयसी दक्षिणा—ॐ तत्सत् इत्यादि अमुकगोत्रः अमुकशर्म्माहम् कन्यानिरीक्षणसाङ्गतासियद्ध्यर्थं भूयसीं दक्षिणां नानानामगोत्रेभ्यो ब्राह्मणेभ्यो विभज्य दातुमहमुत्सृजे। कन्या का भाई गोदान करे—ॐ तत् सत् इत्यादि अमुकगोत्रः अमुकशर्म्माऽहं कनिष्ठभ्रातृपत्नीस्पर्शदोषपरिहारार्थंमिदं हस्तोपस्थितगोनिष्क्रयीभूतं द्रव्यम् अमुकगोत्राय ब्राह्मणाय तुभ्यमहं सम्प्रददे। सबों को अक्षत बाँट कर आशीर्वाद करे। पुनः वरके भाई को कंगन बांध दे।

वैवाहिक क्रियाओं का आलोचनात्मक अर्थ

बिवाह में बहुत सी क्रियाय होती हैं। किन्तु उनका अर्थ या तात्पर्य न यजमान जानता है, न अधिकांश पुरोहित ही। अतः उनके ज्ञानार्थ सभी शब्दों या क्रियाओं का वैज्ञानिक अर्थ प्रस्तुत किया जाता है।

(१) विष्टरः—विष्टर शब्द का अर्थ होता है-विस्तर (यानी बिछावन) वन्य युग में ऋषि मुनि जंगल में रहते थे। ग्रामों या आज जैसा नगरों का निर्माण नहीं हुआ था। कास कुश का आसन ही बड़ा पवित्र समझा जाता था। इसलिए आज भी उस परम्परा का पालन किया जाता है। अतः अच्छे से अच्छे आसन रहने पर भी कुश दिया जाता है।

(२) मधुपर्क-दही, मधु, घृत, इन्हीं तीनों को मिलाकर वर को खाने के लिये दिया जाता है। किन्तु प्रश्न यह है कि घर में और बने हुये पक्वान्नों को छोड़कर यही क्यों दिया जाता है इसका तात्पर्य यह है कि वर बाहर से थका हुआ गरमाया हुआ आता है। इसलिए दही में शीतलता प्रदान करने की शक्ति है। यह पुष्टि कारक भी है—'स्थूलं करणं दधि" इस वाक्य से भी पुष्टि होती है. 'घी में आयु और बल बढाने की

शक्ति है—"आयुर्वै घृतम" इस वाक्य से पुष्टि होती है 'मधु' मे बुद्धि-बर्द्धिनी शक्ति है कारण यह है कि अनेक प्रकार के फूलों के रस से मधु का निर्माण होता है। इस लिये मधु एक औषधि है जिसमें बल, वुद्धि स्फूर्ति आदि गुण विद्यमान हैं। इन्हीं कारणों से मधुपर्क दिया जाता है।

(३) अङ्गन्यास—शारीरिक, मानसिक, बौद्धिक, वाचिक शक्ति की वृद्धि के लिये मन्त्र द्वारा माँग की जाती है।

(४) कनलगी—एसा मालूम पड़ता है कि विवाह के समय में ही गाय आ गयी होगी। यजमान वर के कान में लग कर कहता है कि गौः, गौः, गौः, यानी यह गाय है—रुद्रों की माता है, वसुओं की पुत्री है, आदित्यों की बहन है। यह हमारी पूजनीय है। यह हम दोनों के पापों को दूर करने वाली है। इसे मारना नहीं चाहिये इसे खाना दीजिये इतना कहने पर वर तृण का त्याग करे (नाई एक तृण लेकर वरके कान में लगाकर वर के हाथ में दे दे और वर उसे हाथ में लेकर फेंक देना है। यह लौकिक प्रथा है।

(५) गोत्रोच्चार—इसका तात्पर्य यह है कि अग्नि, ब्राह्मण तथा एकत्रित समाज के सामने यह घोषणा की जाती है कि अमुक गोत्र की पुत्री एवं पौत्री तथा प्रपौत्री का पाणिग्रहण संस्कार अमुक गोत्र के पुत्र एवं पौत्र तथा प्रपौत्र के साथ सम्पन्न हो रहा है।

(६) लाजा होम (लावा छींटना)—इसका तात्पर्य यह है कि भारत कृषि प्रधान देश है। धान यहां की प्रधान उपज है। वर कन्याको दिखलाया गया है कि इसकी उपज ना है। क्योंकि यही प्रधान भोजन है। दूसरा तात्पर्य्य यह है कि जैसे धान का बीज जिस खेत में बुना जाता है वहाँ फलना फूलना नहीं है। दूसरे खेत में रोपा जाता है तब वह फूलता फलना है। उसी तरह कन्या का जन्म दूसरी जगह होता है और दूसरी जगह जाकर वंश वृद्धि करती है। यही संकेत धान की लावा से है।

(७) अश्मारोहण—पत्थर पर कन्या को वर चढ़ने के लिए कहे और

मन्त्र पढ़े --इसका तात्पर्य्य यह है कि वर कन्या से कहता है कि जिस तरह पत्थर कठोर एवं स्थिर है उसी तरह तुमको भी अनेक बाधाओं के आने पर तथा मेरी ओर से या मेरे परिवार की ओर से कमी रहने पर भी पत्थर के समान स्थिर रहना पड़ेगा।

(८) सिन्दूर दान--किसी भी जाति में सिन्दूर दान की प्रथा नहीं है। यह प्रथा केवल हिन्दू में ही पायी जाती है, इसका कारण यह है कि और जातियों में विवाह का कोई महत्त्व नहीं है इसलिये कि विवाह वासना की तृप्ति के लिये होता है इसीलिए तो स्त्री जब चाहो पुरुष को छोड़ देती है और पुरुष जब चाहे स्त्री को छोड़ देता है। केवल हिन्दू में ही दाम्पत्य सम्बन्ध को सुदृढ़ रखने के लिये सिन्दूर दान की प्रथा है। सिन्दूर सन से दिया जाता है। सिन्दूर का रंग लाल होता है और सन् का रंग उजला होता है। इसका तात्पर्य्य यह है कि वर कन्या को सकेत करता है कि तुम्हारा केश सन के समान उजला होने पर भी सिन्दूर के समान अपने रक्त को देकर भी हम तुम्हारी रक्षा करेंगे।

(९) अठौगरा—कहीं कहीं पर यह भी प्रथा है कि वर मण्डप में आकर कन्या के साथ मिलकर ओखली में मुसल से धान कूटता है। इसका तात्पर्य्य यह है कि भारत, कृषि प्रधान देश है। कृषि में भी धान की प्रधानता है। इसलिये प्रत्येक पूजा पाठ में अक्षत से काम लिया जाता है। इसमें वर-कन्या को यह संकेत किया गया है कि समय आने पर दोनों को मिलकर धान कूटना पड़ सकता है। अर्थात् सभी कामों को दोनों को मिलकर करना चाहिये तभी दाम्पत्य जीवन सुखमय व्यतीत हो सकता है।

★

विवाह का कार्य्य प्रारम्भ

विवाह का सूत्र

साधु विष्टर पाद्यं च पुनर्विष्टरमेव च।
अर्घ्यमाचमनीयं च मधुपर्कस्तथाचमेत् ॥ १ ॥
अङ्गन्यास ततः कुर्य्यात्, धेनवे च तृणं त्यजेत्।
पञ्च भूसंस्करणं कृत्वा, अग्न्याधानमेव च ॥ २ ॥
कन्या मण्डप आगच्छेत्, कन्यायाः पूजनं ततः।
गोत्रोच्चारणं कुर्य्यात् कन्यादानं च प्रार्थनाम् ॥ ३ ॥
वराय दक्षिणां दद्यात्, भूयसीं दक्षिणां ततः।
गोदानं च वरः कुर्य्यात्, आचार्य्यवरण ततः ॥ ४ ॥
ब्रह्मणो वरण पश्चात् प्रार्थना च यथा विधि।
कुशकंडिकां ततः कुर्य्यात् हवनं च यथाक्रमम् ॥ ५ ॥
लाज होमं ततः कुर्य्यात्, अश्मन्यारोहणं ततः।
मन्त्रपाठं वरः कुर्य्यात् अग्नेः प्रदक्षिणां ततः ॥ ६ ॥
पुनर्लाजाहुतिं कुर्य्यात् कन्या विधिविधानतः।
सप्तपदीं ततः कुर्य्यात् प्रतिज्ञा वरकन्ययोः ॥ ७ ॥
ततः सूर्य्यमुदीक्षेत सूर्य्याभावे ध्रुवं तथा।
वरः सिन्दूरदानं च कुर्य्यात्पश्चात् समन्त्रकम् ॥ ८ ॥
कन्या वरस्य वामाङ्गं गच्छेत् पत्नी स्वरूपिणी।
पुनश्च सिन्दूरं कुर्य्युः ग्राम्यश्च सुभगाः स्त्रियः ॥ ९ ॥
वरकन्ययोः पश्चात् ग्रन्थिबन्धनमेव च।
पटमौरीं च बध्नीयात् कन्यायाः सिरसि ततः ॥ १० ॥
पुनश्च हवनं कुर्य्यात् घृतप्राशनमेव च।
आचमनं च ततः कुर्य्यात् पूर्णपात्रस्य दानकम् ॥ ११ ॥
त्र्यायुष स्नेहबन्धश्च अभिषेकस्तथैव च।
आचार्य्याय दक्षिणां दद्यात् आशीर्वचनमेव च ॥ १२ ॥

१ साधु
२ विष्टर
३ पाद्य
४ पुर्नविष्टर
५ अर्घ्य
६ आचमनीय
७ मधुपर्क
८ आचमन
९ अङ्गन्यास
१० कनलगी
११ हवन के लिये पञ्चभूसंस्कार
१२ अग्नि स्थापन
१३ मण्डप में कन्या का आगमन
१४ यजमान कन्या की पूजा करे
१५ गोत्रोच्चार
१६ कन्या दान
१७ कन्या की प्रार्थना
१८ कन्या दान प्राप्ति के सिद्धयर्थं वर को दक्षिणा
१९ भूयसी दक्षिणा
२० गोदान
२१ आचार्य्य वरण
२२ ब्रह्मावरण
२३ प्रार्थना
२४ कुशकंडिका
२५ हवन
२६ लाज होम
२७ अश्मारोहण
२८ वर के द्वारा मन्त्र पाठ
२९ अग्नि प्रदक्षिणा
३० पुन: लाजा होम
३१ सप्तपदी
३२ वर कन्या की प्रतिज्ञा
३३ सूर्यदर्शन या ध्रुवदर्शन
३४ सिन्दूर दान
३५ कन्या वर के वामाङ्ग में बैठे
३६ सुहागिन स्त्रियां पुन: सिन्दूर करें
३७ वर कन्या के ग्रन्थि बन्धन
३८ कन्या को पटमौरी बाँधना
३९ हवन घृत प्राशन
४० आचमन
४१ पूर्ण पात्र दान
४२ त्र्यायुष
४३ सनेह बन्धन
४४ अभिषेक
४५ आचार्य्य दक्षिणा
४६ आशीर्वाद

विवाह

वर मण्डप में आकर पीढ़े से पश्चिम पूरब को ओर मुख करके खड़ा हो जाय।

(१) जूते का परित्याग—कन्या पिता (यजमान) अक्षत लेकर मन्त्र पढ़े--उपानही उपमुञ्चतु अग्नौ हविर्दयो घृतकुम्भ प्रवेशः। तत्र-स्थितो वराहोभ्यः दूरे घृताद्विसम्भ्रमः तस्माद्वरमाह उपानही उपमुञ्चते। अग्नी हवै देवा घृतकुम्भं प्रवेशयांचक्रुस्ततो वराहः सम्बभूव तस्माद्व-राहा गावः सञ्जानते ह्यमेवैतदंशमभिसञ्जानते। स्वमेवैतत्पशूनामेहो तत्प्रतिष्ठन्ति तस्माद्वाराह्या उपानही उपमुञ्चते। यह कह कर वरके जूते पर छींट दे। वर जूता पैतबा निकाल दे।

(२) बर के बैठने वाले पीढ़े पर चारों कोण पर और बीच में अक्षत रखकर यजमान और वर दोनों पीढ़े को उठाकर कलश का स्पर्श करावे। बर खड़ा रहे।

(३) यजमान बर का कहे—ॐ षड्घ्या भवन्त्याचार्य्यं ऋत्विग् वैवाह्यो राजाप्रियस्नातकः। साधु भवानास्तामर्चयिष्यामो भवन्तम्।

(४) वर–अर्चय।

(५) यजमान वरके हाथ पकड़कर पीढ़ा पर बैठा दे और अपने भी निर्द्धारित आसन पर बैठ जाय और आचमन प्राणायाम करके सङ्कल्प करे—ॐ तत् सत् इत्यादि अमुकगोत्रः अमुकशर्म्माऽहम् अमुकगोत्रायाः अमुकनाम्न्याः कन्यायाः विवाहकर्मणि मम गृहे समागताय स्नातकाय बराय कन्यादानाङ्गभूतं पाद्यादि स्वागतकर्म करिष्ये तथा विधिपूर्वकं कन्यादानं च करिष्ये।

(६) विष्टरः—यजमान हाथ में कुश लेकर तीन बार वरको कहे—ॐ विष्टरः विष्टरः विष्टरः ॐ विष्टरः प्रतिगृह्यताम्। वर—ॐ विष्टरं प्रतिगृह्णामि, यह कहकर यजमान के हाथ से कुश लेकर मन्त्र पढ़े—ॐ वर्ष्मोऽस्मि समानानामुद्यतामिव सूर्यः। इमं तमभितिष्ठामि योमा कश्चाभिदासति। यह कहकर विष्टर पर बैठ जाय (दाहिने परतर रख)।

(७) पाद्यम्—वर के पैर धोने के लिए एक थाली में जल लेकर यजमान कहे--पाद्यं पाद्यं पाद्यम् ॐ पाद्यं प्रतिगृह्यताम्। वरः--ॐ पाद्यं प्रतिगृह्णामि। यह कहकर यजमान के हाथ से थालो लेकर स्वयं पैर

धोवे और मन्त्र पढ़े—ॐ विराजो दोहोऽसि विराजो दोहमशीय मयि पाद्यायै विराजो दोहः। यह कहकर ब्राह्मण दाहिना पैर पहले तब बाँया पैर क्षत्रिय पहले बाँया तब दाहिना पैर धोवे। यजमान भी उसी थाली में वर का पैर धोवे।

(८) तिलक—यजमान वर को तिलक करे। मन्त्र—ॐ युञ्जन्ति ब्रध्नमरुषं चरन्तं परितस्थुषः रोचन्ते रोचनादिवि। युञ्जन्त्यस्य काम्या हरी विपक्ष सारथे शाणा धृष्णुर्निर्वाहसा।

(९)—पुष्पमाला—यजमान वर को कोई माला पहनाने के लिये हाथ में ले। मन्त्र पढ़ें—याऽहरज्जमदग्निः श्रद्धायै मेधायै कामायेन्द्रियाय। ताऽहं प्रति गृह्णामि यशसा च भगेनच। गले में पहनावे और मन्त्र पढ़ें—यद्यशोऽप्सरसामिन्द्रश्चकार विपुलं पृथु। तेन संग्रथिताः सुमनसः आबध्नामि यशोमयि।

(१० पुनर्विष्टर यजमानः—ॐ विष्टरः, विष्टरः, विष्टरः ॐ विष्टरः प्रतिगृह्यताम् वर— विष्टरं प्रति गृहणामि। यह कह कर यजमान से कुश लेकर उत्तर अग्र भाग करके चुपचाप बायें पैर तर रखले।

(११) अर्घ्य—यजमान अर्घा या दोनी में फूल अक्षत चन्दन जल लेकर वर से कहे—ॐ अर्घः अर्घः अर्घः ॐ अर्घः प्रतिगृह्यताम्। वर—ॐ अर्घं प्रति गृहणामि यह कह कर यजमान के हाथ से अर्घ लेकर भूमि पर रख दे और स्नान चन्दनादिसे ॐ अर्घाय नमः कह कर पूजन करे। पुनः अर्घ को बायें हाथ में रखकर दाहिने हाथ से उसमें दिए हुए जल अक्षत को शिरपर और ऊपर छीटे और मन्त्र पढ़ें-ॐ आप स्थ युष्माभिः सर्वान् कामानवाप्नवानि। पुनः अर्घ का कुछ जल ईशान कोण में छीट कर अर्घ उलट दे और मन्त्रः—समुद्रंवः प्रहिणोमि स्वां यानिमभिगच्छत। अरिष्टा अस्माकं वाराः मा परासेचिमत्पयः।

(१२) आचमनीय—यजमान पञ्चपात्र या दोनी में जल भरकर वर से कहे—ॐ आचमनीयम्, आचमनीयम्, आचमनीयम् ॐ आचमनीयम् प्रतिगृह्यताम्। वर—ॐ आचमनीयम् प्रतिगृह्णामि यह कह कर यजमान के हाथ से लेकर एकबार आचमन करे और मन्त्र पढ़ें—ॐ आमा-

गन्यशसा संसृज वचसा। तं मा कुरुप्रियं प्रजानामधिपतिं पशूनामरिष्टि तनूनाम्।

(१३) मधुपर्क -पलमेकं घृतञ्चैव द्विपलं दधि उच्यते। पलमेकं मधुदद्यात् मधुपर्कविधि: स्मृत:। मधुपर्क—एक कांसे की थाली में दही, घी, मधु रखकर दूसरी थाली या पत्तल से ढाककर यजमान वर से कहे—ॐ मधुपर्क: मधुपर्क: मधुपर्क: ॐ मधुपर्क: प्रतिगृह्यताम्। वर:—मधुपर्कं प्रतिगृह्णामि यह कह कर मधुपर्क को देखे—मित्रस्य त्वा चक्षुषा प्रतीक्षे। यजमान पत्तल उघार कर वरको दिखला दे। वर:—यजमान के हाथ से मधुपर्क की थाली लेकर मन्त्र पढ़े—ॐ देवस्य त्वा सवितु: प्रसवेऽश्विनोर्बाहुभ्याम् पूष्णा हस्ताभ्यां प्रतिगृह्णामि। यह पढ़कर बायें हाथ में लेकर वर—अनामिका अंगुलि से मधुपर्क को तीन बार मिलावे - और तीन बार भूमि पर छींट दे—नम: श्यावा श्यायान्नशवे यत्त आविद्धं तत्त निष्कृन्तामि। इसके बाद मधुपर्क मेंसे थोड़ा निकालकर लड़को के लिये भेज दे। (यह लौकिक है) तब वर तीन बार मधुपर्क को खाए और आचार्य्य मन्त्र पढ़े-यन्मधुनो मधव्यं रूपमन्नाद्यं। तेनाऽहं मधुनो मधव्येन परमेण रूपेणाद्येन परमो मधव्योऽन्नादोऽसानि।

(१४) अङ्गन्यास—वर दोनों हाथों में द्रव्य और अक्षत लेकर मुट्ठी बाँध कर सभी अङ्गों का स्पर्श करे। मुख में—वाङ्मे आस्ये अस्तु, नाक में—नसोर्मे प्राणोऽस्तु। आँखमें-अक्षणोर्मे चक्षुरस्तु। कान में—कर्णयोर्मे श्रोत्रमस्तु। बाहु में—ओम् बाह्वोर्मे बलमस्तु। उरुमें—उर्वोर्मे ओजोऽस्तु। सभी अङ्गों का-ॐ अरिष्टानि मे अङ्गानि तनूस्तन्वा मे सहसन्तु।*

(१५) कनलगी—यजमान वर की ओर मुख करके बोले—गौ:, गौ:, गौ:। (नाई वर के दाहिने कान के समीप एक तृण रखे—यह लौकिक

---

* प्रश्न—मधुपर्क एक बार खाने से उच्छिष्ट हो जाता है तो पुन: कैसे खाया जाय। मनु—ताम्बूलेक्षुफलं चैव भुक्तस्नेहानुलेपनम्। मधुपर्के च सोमे च नोच्छिष्टं मनुरब्रवीत्।

है) वर—माता रुद्राणां दुहिता पशूनां स्वसाऽऽदित्यानाममृतस्य नाभिः। प्रनुवोचं चिकितुषे जनाय मा गामनागामदितिं बधिष्ट मम चामुक शर्मणः यजमानस्य उभयोः पाप्मा हतः। उत्सृजत तृणान्यत्तु। यह कहकर वर नाई के हाथ से तृण लेकर तोड़कर फेंक दे।

(१६) पञ्चभूसंस्कार—मण्डप में ही वर को बायीं ओर मिट्टी या बालू स एक हाथ लम्बी और एक हाथ चौड़ी यानी चौखुट वेदी बनावे। उसी वेदी पर पञ्चभूसंस्कार करे। वर—अक्षत जल लेकर संकल्प करे—ॐ तत् सत् इत्यादि अमुकगोत्रः अमुकशर्म्माऽहम् अस्मिन् विवाहकर्मणि पञ्चभूसंस्कारपूर्वकं योजकनामाग्निस्थापनं करिष्ये।

(१) हस्तपरिमितां चतुरस्रां वेदिकां परिसमूह्य* तान् कुशानैशान्यां परित्यज्य—वेदीको कुश के अग्र भाग से बहार दे और उन कुशों को ईशान कोण में फेंक दे।

(२) +गोमयोदकाभ्यामुपलिप्य-गोबर और जल से लीप दे।

(३) स्रुवमूलेन उत्तरोत्तरक्रमेण त्रिरुल्लिख्य—स्रुवा को जड़ से नीचे से उपर तीन लकीर पारदे।

(४) अनामिकाङ्गुष्ठाभ्यां मृदमुद्धृत्य ऐशान्यां प्रक्षेपः—अनामिका और अंगूठे से मिट्टी उठाकर ईशान कोण में फंक देना।

(५) जलेनाभ्युक्ष्य—उसपर जल से अभ्युक्षण करे।

(६) तत्रतूष्णींकांस्यपात्रपिहितं कांस्यपात्रस्थं वह्निमादाय—चुपचाप कांसे के पात्र से ढको हुई कांसे के वर्तन में आग लेकर अपनी ओर यह मन्त्र पढ़ता हुआ गिरादे—ॐ अग्निन्दूतं पुरोदधे हव्यवाहमुपब्रुवे देवाँ २ आसादयादिह।

(७) तद्रक्षार्थं किञ्चित् काष्ठं नियुज्य—आग की रक्षा के लिये कुछ लकड़ियाँ दे दे।

---

* धृतवाङ्गुष्ठकनिष्ठाभ्याम् मूलैः साग्रैः कुशत्रयम्। तदग्रतः तस्यरजसां पूर्वस्यामपसर्पणम्। कृमिकीटपतङ्गाद्या विचरन्ति महीतले। तेषां संरक्षणार्थाय परिसमूहनमुच्यते।

\+ गोमये बसते लक्ष्मोः पवित्रा सर्वमङ्गला।

वर संकल्प करे—ॐ तत् सत् इत्यादि अमुकगोत्रो अमुकशर्म्माहम् अस्मिन् पुण्याहे धर्मार्थकामप्रजासन्तत्यर्थं दारपरिग्रहणं करिष्ये।

(१७) मण्डप में कन्या को लावे—कन्या, माता सहित पिता के आगे बैठ जाय।

(१८) यजमान कन्या को पूजा करे—जल अक्षत फूल से।

(१९) यजमान धोती चादर यज्ञो-पवीत कलश में स्पर्श कराकर बर को पहरने के लिये दे। वर—वस्त्र लेकर मन्त्र पढ़ता हुआ पेह्नले मन्त्र—ॐ परिधास्यै यशोधास्यै दीर्घायुत्वाय जरदष्टिरस्मि। शतं च जीवामि शरदः पुरूची रायस्पोषमभिसंव्ययिष्ये। यज्ञोपवीत—ॐ यज्ञोपवीतं परमं पवित्रं प्रजापतेर्यत् सहजं पुरस्तादायुष्यमग्र्यंप्रतिमुञ्च शुभ्रं यज्ञोपवीतं बलमस्तु तेजः।

(२०) बर तीन बार आचमन करे—ॐ भूः नमो नारायणाय। ॐ भुवः नमोगोविन्दाय। ॐ स्वः नमो वासुदेवाय।

(२१) कन्या के माता पिता का गठबन्धन—ॐ मङ्गलं भगवान् विष्णुः मङ्गलं गरुड़ध्वजः। मङ्गलं पुण्डरीकाक्षः मंगलायतनोहरिः॥

(२२) वर-गोत्रोच्चार के लिए शंख की पूजा करे—पाद्यम् अर्घ्यमाचमनीयं स्नानीयं चन्दनं पुष्पं धूपं दीपं नैवेद्यं समर्पयामि श्री शङ्खायनमः।

(२३) शङ्खमें जल अक्षत कुश देकर—वर के हाथ में देकर गोत्रोच्चार करे—गौरीनन्दन गौरवर्णवदनः श्रृङ्गार लम्बोदरः, सिन्दूरार्चित-दिग्गजेन्द्रवदनः पादीर णन्नूपुरो। कर्णौ लम्बविलम्बगण्डविलसत् कण्ठे च मुक्तावली, श्रीविघ्नेश्वर विघ्नभञ्जनकरः कुर्य्यात्सदामङ्गलम्। अस्मिन् दिवसे अस्यां रात्रौ वा अस्मिन् मङ्गल मण्डपाभ्यन्तरे स्वस्ति श्रीमद्विविध-विद्याविचारचातुरी विनिर्जित-सकलवादिवृन्दोपरि विराजमान-पद-पदार्थसाहित्यरचनायमान-काव्यकौतुकचमत्कार-परिणतनिसर्गसुन्दरसार-स्वतसहजानुभावगुणनिकर-गुम्फितयशःसुरभीकृतमङ्गलमण्डपस्य स्वस्ति श्रीमतः अमुकगोत्रस्य अमुकप्रवरस्य अमुकशर्म्मणः प्रपौत्रः अमुक-गोत्रस्य अमुकशर्म्मणः पौत्रः अमुकगोत्रस्य अमुकशर्म्मणः पुत्रः प्रयत

पाणिः शरणं प्रपद्ये स्वस्ति सम्वादेषूभयोर्वृद्धिः वरकन्ययोः मङ्गल मास्तां वरश्चिरंजीवी भवतात् कन्या च सावित्री भूयात् ।

(२४) कन्या पक्ष में यजमान हाथ में शङ्ख रखे—ईशानो गिरिशो मृडः पशुपतिः शूलः शिवः शङ्करः, भूतेशः प्रमथाधिपः स्मरहरः मृत्युञ्जयोधूर्जटिः । श्रीकंठः बृषभध्वजः हरभवः गङ्गाधरः त्र्यम्बकः श्रीरुद्रः सुरवृन्दवन्दितपदः कुर्य्यात् सदामङ्गलम् । अस्मिन् दिवसे अस्यां रात्रौ वा अस्मिन् मङ्गलमण्डपाभ्यन्तरे स्वस्ति श्रीमद् विविधविद्यालङ्कारशरद् विमलरोहिणीरमणायोदारसुन्दरदामोदर-मकरन्दवृन्दशेखर-प्रचण्ड खण्ड-मण्डलपूर्णपुरेन्दुनन्दचरणकमलभक्तितदुपरिमहानुभावसकलविद्यावि-नीत-निजकुलकलिताप्रकाशनैकभास्कर-सदाचार-सच्चरित सकलसत्प्रतिष्ठा-श्रेष्ठपरिष्ठस्य श्रीमतः अमुकगोत्रस्य अमुकशर्म्मणः प्रपौत्री अमुक-गोत्रस्य अमुकशर्मणः पौत्री, अमुकगोत्रस्य अमुकशर्मणः पुत्री प्रयत-पाणिः शरणं प्रपद्ये स्वस्ति सम्वादेषूभयोः वृद्धिः । वरकन्ययोः मङ्गलमा-स्ताम् । वरश्चिरंजीवा भूयात् कन्या च सावित्री भूयात् ।

(२५) वर पक्ष में—गौरीश्रीरदितिश्च कद्रुसुभगा भूतिः सुपर्णी शुभा, सावित्री तु सरस्वती वसुमती सत्यप्रदारुन्धती । स्वाहा जाम्बवती च रुक्म-भगिनी दुःस्वप्नविध्वंसिनी वेला चाम्बुनिधेः समोनमकराः कुर्वन्तु वो मङ्गलम् । अस्मिन् दिवसे अस्यां रात्रौ वा स्वस्तिश्रीमतः अमुकशर्म्मणः प्रपौत्रः अमुकगोत्रस्य अमुकशर्मणः पौत्रः अमुकगोत्रस्य अमुकशर्म्मणः पुत्रः प्रयतपाणिः शरणं प्रपद्ये स्वस्तिसम्वादेषूभयोः वृद्धिः वरकन्ययोः मङ्गल-मास्ताम् ।

(२६) कन्या पक्ष में—नेत्राणां त्रितयं शिवं पशुपतेरग्नित्रयं पावनं यद्वद्विष्णुपदत्रयं त्रिभुवने ख्यात च रामत्रयं । गंगावाह-पथत्रयं च सुविमलं देवत्रयं त्रिस्वरं, सन्ध्यानां त्रितयं द्विजैरभिहितं कुर्वन्तु वो मङ्गलम् । अस्मिन् दिवसे अस्यां रात्रौवा अस्मिन् मङ्गलमण्डपाभ्यन्तरे स्वस्ति श्रीमतः अमुकगोत्रस्य अमुकशर्मणः प्रपौत्री अमुकगोत्रस्य अमुकशर्म्मणः पौत्री, अमुकगोत्रस्य अमुकशर्म्मणः पुत्री प्रयतपाणिः शरणं प्रपद्ये स्वस्ति सम्वादेषूभयोः वृद्धिः । वर कन्ययोः मङ्गलमास्ताम् ।

(२७) वर पक्ष में—अश्वत्थो वटवृक्षचन्दनतरुः मन्दारकल्पद्रुमौ जम्बू निम्बकदम्बचूतसरला वृक्षाश्च ये क्षीरिणः। सर्व ते फलमिश्रिताः प्रतिदिनं कुर्वन्तु वो मङ्गलम्। अस्मिन् दिवसे अस्यां रात्रौ वा अस्मिन् मङ्गलमण्डपाभ्यन्तरे स्वस्ति श्रीमतः अमुकगोत्रस्य अमुकशर्म्मणः प्रपौत्रः अमुकगोत्रस्य अमुकशर्म्मणः पौत्रः अमुकगोत्रस्य अमुकशर्म्मणः पुत्रः प्रयतपाणिः शरणं प्रपद्ये स्वस्ति सम्वादेषूभयोः वृद्धिः वरकन्ययोः मङ्गलमास्ताम्।

(२८) कन्या पक्ष में—ब्रह्मा देवपतिः शिवः पशुपतिः सूर्यश्च चक्षुष्पतिः शक्रो देवपतिः यमः पितृपतिः स्कन्दश्च सेनापतिः। यक्षो वित्तपतिर्हरिश्च जगतां वायुः पतिः प्राणिनां मन्ये ये पतयो वसन्ति सततं कुर्वन्तु वो मङ्गलम्। अस्मिन् दिवसे अस्यां रात्रौवा स्वस्ति श्रीमतः अमुकगोत्रस्य अमुकशर्म्मणः प्रपौत्री, अमुकगोत्रस्य अमुकशर्म्मणः पौत्री अमुकगोत्रस्य अमुकशर्म्मणः पुत्री प्रयतपाणिः शरणं प्रपद्ये। स्वस्ति सम्वादेषूभयोः वृद्धिः वरकन्ययोः मङ्गलमास्ताम्।

(२९) कन्यादान—यजमान शंख में दूब अक्षत फूल चन्दन लेकर दामाद के दाहिने हाथ पर कन्या के दाहिना हाथ रखकर प्रार्थना करे—दाताऽहं वरुणो राजा द्रव्यमादित्यदैवतं। वरोऽसौ विष्णुरूपेण प्रतिगृह्णात्वयं विधिः।

संकल्पः—ॐ तत् सत् इत्यादि अमुकगोत्रः अमुकप्रवरः अमुकशर्म्मा सपत्नीकोऽहं मम समस्तपितृणां निरतिशयानन्दब्रह्मलोकावाप्त्यादिकन्यादानकल्पोक्तफलप्राप्तये अनेन वरेण अस्यां कन्यायामुत्पादयिष्यमाणसन्तत्या द्वादशपूर्वान् द्वादशपरान् पुरुषांश्च पवित्रीकर्तुम् आत्मनश्च श्रीलक्ष्मीनाराणप्रीतये ब्राह्मविवाहविधिना कन्यादानमहं करिष्ये।

प्रार्थना—कन्यां कनक-सम्पन्नां कनकाभरणैर्युताम्। दास्यामि विष्णवे तुभ्यं ब्रह्मलोकजिगीषया।

(३०) यजमान दामाद का हाथ छोड़कर अलग से केवल अपने हाथ में अक्षत जल लेकर संकल्प करे—ॐ विष्णुर्विष्णुर्विष्णुः श्रीमद्भगवतः महापुरुषस्य विष्णोराज्ञया प्रवर्तमानस्य अद्य श्रीब्रह्मणोऽह्नि द्वितीयप्रह-

राद्धँ श्रीश्वेतवाराहकल्पे वैवस्वतमन्वन्तरे अष्टाविंशतितमे युगे कलियुगे कलिप्रथमचरणे जम्बूद्वीपे भारतवर्षे भरतखण्डे आर्य्यावर्तैकदेशान्तर्गते गंगायाः अमुकभागे अमुक संवत्सरे अमुकराशिस्थिते सूर्ये अमुकायने अमुकमासे अमुकपक्षे अमुकतिथौ अमुकवासरे अमुकगोत्रस्य अमुकप्रवरस्य अमुकशर्म्मणः प्रपौत्राय अमुकगोत्रस्य अमुकशर्म्मणः पौत्राय अमुकगोत्रस्य अमुकशर्म्मणः पुत्राय अमुकगोत्राय, अमुकप्रवराय अमुकशर्मणे वराय अमुकगोत्रस्य अमुकप्रवरस्य अमुकशर्म्मणः प्रपौत्रीम् अमुक गोत्रस्य अमुकशर्म्मणः पौत्रीम् अमुकगोत्रस्य अमुकशर्म्मणः पुत्रीम् अमुकगोत्रः अमुकशर्म्माऽहम् अमुकगोत्रां अमुकप्रवरां अमुकनाम्नीम् इमां कन्यां सुस्नातां यथाशक्त्यलङ्कृतां गन्धाद्यर्च्चितां वस्त्रयुगच्छन्नां प्रजापतिदेवत्यां शतगुणीकृतज्योतिष्टोमातिरात्रशतफलप्राप्तिकामः अमुकशर्मणे विष्णुरूपिणे वराय प्रजोत्पादनार्थं पत्नीत्वेन तुभ्यमहं सम्प्रददे। वर के हाथ में दे दे।

(३१) वर यजमान के हाथ से अक्षतग्रहण करता हुआ मन्त्र पढ़े—द्यौस्त्वा ददातु पृथ्वीत्वा प्रतिगृह्णातु।

(३२) यजमान-स्वस्ति।

(३३) वर-स्वस्ति। बर के दाहिनी तरफ पीढ़े पर कन्या को बैठा दे।

(३४) यजमान वर से कहे:-यस्त्वया धर्मश्चरितव्यः सोऽनया सह। धर्मे चार्थे च कामे च त्वयेयं नातिचरितव्या।

(३५) वर-नाऽतिचरामि, यह कह कर मन्त्र पढ़े—कोऽदात् कस्माऽअदात् कामोदात् कामायादात्। कामो दाता कामः प्रतिग्रहीता कामैतत्ते। तीनबार पढ़े।

(३६) यजमान कन्या की प्रार्थना करे—गौरीं कन्यामिमां विप्र यथाशक्ति विभूषितां। गोत्रायशर्मणे तुभ्यं दत्ता विप्र समाश्रय। कन्ये ममाग्रतो भूयाः कन्ये मे देवि पार्श्वयोः। कन्ये मे पृष्ठतो भूयाः त्वद्दानान्मोक्षमाप्नुयाम्।

(३७) यजमान, वरको दक्षिणा दे। संकल्प-अमुकशर्माऽहं कृतैतत्कन्यादानकर्मणः साङ्गतासिद्ध्यर्थं सुवर्णदक्षिणाद्रव्यं वराय तुभ्यमहं सम्प्रददे।

(३८) यजमान भूयमी दक्षिणाकरे—कृतस्य कन्यादानकर्मणः साङ्गतासिद्धयर्थं तन्मध्ये न्यूनातिरिक्तदोषपरिहारार्थं यथोत्साहं भूयसीं दक्षिणां नानानामगोत्रेभ्यो ब्राह्मणेभ्यः विभज्य दातुमहमुत्सृजे।

यजमान मन्त्र का पाठ करे—ॐ प्रमादात्कुर्वतां कर्म प्रच्यवेताध्वरेषु यत्। स्मरणादेवत द्विष्णोः सम्पूर्णं स्यादितिश्रुतिः। ॐ विष्णवेनमः तीनबार कहे।

(३९) वर कन्या का दाहिनाहाथ पकड़ कर मन्त्र पढ़े-ॐ यदैषि मनसा दूरं दिशोऽनुपवमानो वा। हिरण्यपर्णो वैकर्णः सत्वा मन्मनसाकरोतु। इसके बाद कन्या के मामू घड़े में पानी लेकर वर कन्या के अभिषेक तक खड़े रहे (यह प्रथा कहीं है कहीं नहीं) आचार्य कुल प्रथा के अनुसार कार्य्य करे।

(४०) वर कन्या को देखे और कन्या वर को देखे-वर मन्त्र पढ़े—ॐ अघोर चक्षुरपतिघ्न्येधि शिवा पशुभ्यः सुमनाः सुवर्चाः। वीरसूर्देवकामा स्योना शन्नोभव द्विपदे शं चतुष्पदे। सोमः प्रथमो विविदे गन्धर्वो विविद उत्तरः। तृतीयोऽग्निष्टे पतिस्तुरीयस्ते मनुष्यजाः। सोमोऽददद् गन्धर्वाय गन्धर्वोऽददग्नये।

(४१) वर कन्या अग्निकी प्रदक्षिणा करके अपने आसन पर बेठ जाय।

(४२) वर गोदान करे—ॐ तत् सत् इत्यादि अमुकगोत्रः अमुकशर्म्माऽहं कन्याग्रहणदोषनिवृत्त्यर्थं शुभफल प्राप्त्यर्थं च इदं गोनिष्क्रयीभूतं द्रव्यं रजतं चन्द्रदैवतं यथानामगोत्राय ब्राह्मणाय दातुमहमुत्सृजे।

(४३) आचार्य्यवरणम्—हाथ में द्रव्यादि लेकर वर संकल्प करे—अद्यकर्तव्ये विवाहहोमकर्मणि आचार्यकर्म कर्तुम् एभिर्वरणद्रव्यवासोभिः अमुकगोत्रम् अमुकशर्म्माणं ब्राह्मणं आचार्यत्वेन त्वामहं वृणे।

(४४) वर आचार्य्यको प्रार्थना करे—आचार्यस्तु यथा स्वर्गे शक्रादीनां वृहस्पतिः। तथा त्वं मम यज्ञेऽस्मिन् आचार्यो भवः सुव्रत। आचार्य-वृतोऽस्मि।

(४५) ब्रह्मवरणम्—वर अक्षत द्रव्यादि लेकर—अद्यकर्तव्ये विवाह-होमकर्मणि कृताकृतावेक्षणरूपब्रह्मकर्म कर्तुम् अमुकगोत्रम् अमुकशर्म्माणं ब्राह्मणं ब्रह्मत्वेन त्वामहं वृणे। ब्रह्मा-वृतोऽस्मि।

(४६) वर ब्रह्मा को प्रार्थना करे—यथा चतुर्मुखो ब्रह्मा सर्वलोक-पितामहः। तथा त्वं ममयज्ञेऽस्मिन् ब्रह्मा भव द्विजोत्तम। व्रतेन दीक्षामाप्नोति दीक्षयाऽऽप्नोति दक्षिणाम्। दक्षिणा श्रद्धामाप्नोति श्रद्धया सत्यमाप्यते। यथा विहितं कर्म कुरु। आचार्य्य ब्रह्मा बोले—यथा ज्ञानं करवावः।

(४७) वर होता का वरण करे—अद्य कर्तव्ये विवाहहोमकर्मणि होतृकर्म कर्तुम् एभिर्वरणद्रव्यादिभिः अमुकगोत्रम् अमुकशर्म्माणं ब्राह्मणं होतृत्वेन त्वामहं वृणे। होता—वृतोऽस्मि।

॥ कुश कंडिका ॥

(१) अग्नेर्दक्षिणतः शुद्धमासनं दत्वा—अग्नि के दक्षिण भाग में ब्रह्मा के लिये कुश का एक शुद्ध आसन रखे।

(२) अग्नेरुत्तरतः प्रणीतासनद्वयं—अग्नि के उत्तर भाग में प्रणीता के लिए दो आसन।

(३) ब्रह्माणमग्निं प्रदक्षिणीकृत्य कल्पितासने उपवेशयेत्—अग्नि की प्रदक्षिणा कर ब्रह्मा के लिये रखे हुए आसन पर ब्रह्मा को उत्तर मुख बैठावे (कुश को बनाकर उसमें नारा लपेटकर उस आसन पर रखे)।

(४) वर बोले—त्वम् मे ब्रह्मा भव।

(५) ब्रह्मा बोले—भवामि।

(६) प्रणीतापात्रं पुरतः कृत्वा—प्रणीता पात्र को अपने आगे करके

(७) वारिणापरिपूर्य—जल से भरकर। कुशैराच्छाद्य-कुश से ढककर प्रथमासने निदध्यात्-पहले आसन पर रखें।

(८) ब्रह्मणो मुखमवलोक्य द्वितीयासने निदध्यात्-उस प्रणीताको, ब्रह्मा के मुख देखकर दूसरे आसन पर रखें।

।। परिस्तरणम् ।।

६४ कुशाओं की बर्हि होती है

(१) बर्हिषश्चतुर्थं भागमादाय—१६ कुश लेकर

(२) आग्नेयादीशानान्तम्—अग्निकोण से ईशान कोणतक ४ कुशा बिछावे।

(३) ब्रह्मणोऽग्निपर्यन्तम्—ब्रह्मा के आसन से अग्निकुण्डतक ४ कुश बिछावे।

(४) नैऋत्याद्वायव्यान्तम्—नैऋत्य कोण से वायु कोण तक ४ कुशा बिछावे।

(५) अग्नितः प्रणीतापर्यन्तम्—अग्नि से प्रणीता तक ४ कुश बिछावे

।। पात्रासादनम् ।।

(१) अग्नेः उत्तरतः पश्चिमदिशि पवित्र छेदनार्थं कुशत्रयम्—अग्नि के उत्तर पश्चिमदिशा में पवित्री के लिये तीन कुश रखे।

(२) पवित्रार्थं कुशपत्रद्वयं—कुश के दो पत्ते रखे।

(३) प्रोक्षणीपात्रम्—प्रोक्षणीपात्र।

(४) आज्यस्थाली—घी रखने वाला पात्र।

(५) सम्मार्जन कुशाः पञ्च—सम्मार्जन के लिए पांच कुशा रखे।

(६) उपयमनकुशाः सप्त—उपयमन कुश सात।

(७) समिधस्तिस्रः—छोटी छोटी तीन लकड़ियां।

(८) स्रुवः—स्रुवा।

(९) आज्यम्—घी।

(१०) पूर्णपात्रम्—२५६ मुट्ठी चावल से भरा हुआ एक पात्र।

।। पवित्रकरणम् ।।

(१) द्वयोरुपरि त्रीणि निधाय—दो कुशाओं के ऊपर तीन कुशा रख कर तोड़ दे। द्विः ग्राह्य—त्रिःत्याज्यः—दो रखले और तीन छोड़ दे (दो को पवित्री बनाकर रखले)।

(२) सपवित्रकरेण प्रणीतोदकं त्रि:प्रोक्षणीपात्रे निधाय-पवित्री के साथ प्रणीता के जल को तीन बार प्रोक्षणी में दे।

(३) अनामिकाङ्गुष्ठाभ्यां गृहीतपवित्राभ्यां त्रिरुत्पवनम्—अनामिका और अंगूठे से पवित्रो को पकड़कर प्रोक्षणी के जलको तीनबार ऊपर फेंके।

(४) प्रोक्षण्यां सव्यहस्तकरणं त्रिरुद्गिङ्गनम्—प्रोक्षणी को बाएं हाथ में लेकर दाहिने हाथ से जल को ऊंचा उछाले।

(५) प्रणीतोदकेन प्रोक्षणीप्रोक्षणम्—प्रणीता के जल से प्रोक्षणीका प्रोक्षण करे। (प्रोक्षणी पर छीटे दे)।

(६) प्रोक्षणीजलेन आसादितवस्तुसेचनम्—प्रोक्षणी के जल से आसादित वस्तुओं का सेचन करे (जल छीटे)।

(७) अग्निप्रणीतयोर्मध्ये प्रोक्षणी-पात्रं निधाय—अग्नि और प्रणीता के बीच में प्रोक्षणीपात्र को रखकर।

(८) आज्यस्थाल्याम् आज्यनिर्वाप:—घीरखने वाले पात्र में घी गिरावे।

(९) अधिश्रयणम्—घी के कटोरे को आग पर तपावे।

(१०) ज्वलदुल्मुकेन पर्यग्निकरणम्—जलती हुई लकड़ी को घी के कटोरे पर घुमावे और उस लकड़ी को आग में डाल दे।

(११) इतरथा वृत्ति—अपने हाथ उलट कर कटोरे पर घुमावे।

(१२) स्रुवप्रतपनम्—स्रुवा का उलट कर आग में तपावे।

(१३) सम्मार्जन कुशानामग्रैरन्तरतो मलैर्बाह्यत: स्रुवसम्मार्जनम्।

(१४) सम्मार्जन में पाच कुशों के आगे भाग से स्रुवा के आगे भाग को जड़ से स्रुवा के नीचे भाग को मध्यसे स्रुवा के मध्य भाग को पोछे।

(१५) प्रणीतोदकेनाभ्युक्ष्य—प्रणीता के जल को सम्मार्जन कुशा से स्रुवापर छीटे।

(१६) सम्मार्जन कुशानामग्नौ प्रक्षेप:—सम्मार्जन वाले पाँच कुशों को आग में डाल दे।

(१७) पुनः प्रतप्य दक्षिणदेशे निदध्यात्—स्रुवा को पुनः आग में तपाकर अपने दाहिनी ओर कुशा पर रख दे।

(१८) आज्यमग्नेरवतार्यं प्रणीतापश्चिमतो निधाय—घी के कटोरे को आग पर से उतारकर प्रणीता के पश्चिम तरफ रख दे।

(१९) अनामिकाङ्गुष्ठाभ्यां गृहीतपवित्राभ्याम् प्रोक्षणीवदुत्पवनम्-अनामिका और अंगूठे से पवित्रोको पकड़कर प्रोक्षणी की तरह घी को भी तीनबार ऊपर उछाले।

(२०) अवेक्ष्य, अपद्रव्ये तन्निरसनम्—उस घी को देखकर यदि उसमें कुछ पड़ा हुआ हो तो निकालकर फेंक दे।

(२१) पुनः प्रोक्षणीवत् उत्पवनम्—फिर घी को तीन बार प्रोक्षणी के जल के ऐसा ऊपर उछाले।

(२२) उपयमनकुशान् वामहस्तेनादाय, उत्तिष्ठन्, दक्षिणहस्ते समिधोऽभ्याधाय, प्रजापतिं मनसा ध्यात्वा, तूष्णीं घृताक्ताः तिस्रः समिधः अग्नौक्षिपेत्—उपयमनकुशान् (उपयमन सात कुशों को) बायें हाथ में लेकर, खड़ा होकर, तीनों समिधाओं (रखी हुई तीन लकड़ियां) को लेकर घी में डुबाकर, मन से प्रजापति का ध्यान करता हुआ, चुपचाप अग्नि में डाल दे।

(२३) बैठकर पवित्री के सहित हाथ से प्रोक्षणी के जल से ईशान कोण से ईशान कोणतक प्रदक्षिण के क्रम से अग्नि का पर्य्युक्षणकरे (जल छिड़के)। फिर इतरथा वृत्ति फिर उलटा जलछिड़के।

(२४) पवित्र प्रणीतापात्रे निधाय—पवित्रोंको प्रणीता में रख दे।

(२५) पातित दक्षिणजानुः, कुशेन ब्रह्मणान्वारब्धः समिद्धतमे अग्नौ स्रुवेण अज्याहुतीर्जुहोतिः—दाहिने घुटने को पृथ्वीपर गिराकर कुशा द्वारा ब्रह्मा से सम्बन्ध कर प्रज्वलित अग्नि से स्रुवा से आहुति करे। आहुति से बचे घी को प्रोक्षणी पात्र में डालता जाय।

॥ आघारसंज्ञक हवन ॥

ॐ प्रजापतये स्वाहा। इदं प्रजापतये नमम ॥ १ ॥ इति मनसा

(मन से) । ॐ इन्द्राय स्वाहा । इदम् इन्द्राय नमम । इति आघार संज्ञकः । ॐ अग्नये स्वाहा । इदमग्नये नमम । सोमाय स्वाहा । इदं सोमाय नमम । इत्याज्यभागो । ॐ भूः स्वाहा । इदमग्नये नमम ॐ भुवः स्वाहा । इदं वायवे नमम । ॐ स्वः स्वाहा । इदं सूर्य्याय नमम । एता महाव्याहृतयः ॥

॥ प्रायश्चित संज्ञक हवन ॥

ॐ त्वन्नोऽअग्ने व्वरुणस्य व्विद्वान् देवस्य हेडोऽवया सिसीष्ठाः । यजिष्ठो वह्नितमः शोशुचानो विश्वा द्वेषांसि प्रमुमुग्ध्यस्मत्स्वाहा । इदमग्निवरुणाभ्याम् नमम । १ ॥

ॐ सत्वन्नो अग्नेऽवमो भवोती नेदिष्ठोऽअस्या उषसो व्युष्टौ अवयक्ष्व नो वरुणं रराणोव्वीहि मृडकं सुहवोनऽएधि स्वाहा । इदमग्नीवरुणाभ्याम् न मम ॥ २ ॥

ॐ अयाश्चाग्ने स्यनभिशस्तिपाश्च सत्यमित्त्व मयाऽसि । अयानो यज्ञं वहास्ययानोधेहि भेषजं स्वाहा । इदमग्नये अयसे न मम ॥ ३ ॥

ॐ येते शतं वरुणः येसहस्र यज्ञियाः पाशा वितता महान्तः । तेर्भिर्नो अद्य सवितोत विष्णुर्विश्वे मुञ्चन्तु मरुतः स्वर्क्काः स्वाहा । इदं वरुणाय सवित्रे विष्णवे विश्वेभ्यो देवेभ्यो मरुद्भ्यः स्वर्केभ्यश्च नमम ॥ ४ ॥

ॐ उदुत्तमं वरुण पाशमस्मदवाधम व्विमध्यमं श्रथाय । अथाव्वयमादित्य व्रते तवानागसो अदितये स्याम स्वाहा । इदं वरुणायादित्यायादितये नमम ॥ इति प्रायश्चित संज्ञक होमः ।

॥ राष्ट्रभृत होम ॥

(ब्रह्मा से सम्बन्ध हटाकर)

हवन से शेष बचे हुए घी, को प्रोक्षणी-पात्र में न दे अग्नि में ही डालता जाय । ॐ ऋताषाड् ऋतधामाग्निर्गन्धर्वः सन इदं ब्रह्म क्षत्रं पातु तस्मै स्वाहावाट् । इदं ऋतसाहे ऋतधाम्नेऽग्नये गन्धर्वाय नमम ॥ १ ॥

ॐ ऋताषाड् ऋतधामाग्निर्गन्धर्वस्यौषधयोऽप्सरसो युदोनाम ताभ्यः स्वाहा ॥ इदमौषधीभ्योऽप्सरीभ्यो मुदभ्यो नमम ॥ २ ॥

ॐ संहितो विश्वमामा सूर्य्योगन्धर्वः सन इदं व्रह्मक्षत्रं पातु तस्मै स्वाहा वाट् ॥ इदं संहिताय विश्वसाम्ने सूर्य्याय गन्धर्वाय नमम ॥ ३ ॥

ॐ संहितो विश्वसामा सूर्य्यो गन्धर्वस्तस्य मरीचयोऽप्सरसः सऽआयुषो नाम ताभ्यः स्वाहा ॥ इदं मरीचिभ्योऽप्सरोभ्यः आयुभ्यो नमम ॥ ४ ।

ॐ सुषुम्णः सूर्य्य रश्मिश्चन्द्रमाः गन्धर्वः सनइदं ब्रह्मक्षत्रं पातु तस्मै स्वाहावाट् ॥ इदंसुषुम्णाय सूर्य्यचन्द्रमसे गन्धर्वाय नमम ॥ ५ ॥

ॐ सुषुम्णः सूर्य्यरश्मिश्चन्द्रमाः गन्धर्वस्तस्य नक्षत्राण्यप्सरसो भेकुरयो नाम ताभ्यः ॥ इदं नक्षत्रेभ्योऽप्सरोभ्यो भेकुरेभ्यो नमम ॥ ६ ॥

ॐ इषिरो विश्वव्यचा वातोगन्धर्वः सन इदं व्रह्मक्षत्रं पातु तस्मै स्वाहावाट् ॥ इदमिषिराय विश्वव्यचसे वाताय गन्धर्वाय नमम ॥ ७ ॥

ॐ इषिरो विश्वव्यचा वातोगन्धर्वस्तस्यापोऽप्सरसऽऊर्ज्जोनाम ताभ्यः स्वाहा ॥ इदमद्भ्योऽप्सरोभ्यऽऊर्भ्यो नमम ॥ ८ ॥

ॐ भुज्युः सुपर्णो यज्ञो गन्धर्वः सन इदं ब्रह्मक्षत्रं पातु तस्मै स्वाहावाट् ॥ इदं भुज्यवे सुपर्णाय यज्ञाय गन्धर्वाय नमम ॥ ९ ॥

ॐ भुज्युः सुपर्णो यज्ञोगन्धर्वस्तस्य दक्षिणाऽप्सरसस्तावानाम ताभ्यः स्वाहा ॥ इदं दक्षिणभ्योऽप्सरोभ्यस्तावाभ्यो नमम ॥ १० ॥

ॐ प्रजापतिर्विश्वकर्म्मा मनोगन्धर्वः सन इदं ब्रह्मक्षत्रं पातु तस्मै स्वाहावाट् ॥ इदं प्रजापतये विश्वकर्मणे मनसे गन्धर्वाय नमम ॥ ११ ॥

ॐ प्रजापतिर्विश्वकर्म्मा मनो गन्धर्वस्तस्य ऋक् सामान्यप्सरसऽएष्टयो नाम ताभ्यः स्वाहा ॥ इदमृक् सामभ्योऽप्सरोभ्यः एष्टिभ्यो नमम ॥ १२ ॥

॥ जया संज्ञक होम ॥

ॐ चित्तं स्वाहा । इदं चिताय नमम ॥ १ ॥ ॐ चित्तिश्च स्वाहा ॥

इदं चित्यै नमम ॥२॥ ॐ आकूतश्च स्वाहा। इदम आकूताय नमम ॥३॥ ॐ आकूतिश्च स्वाहा॥ इदम् आकूत्यै नमम। ४॥ ॐ विज्ञातं चस्वाहा इदं विज्ञाताय नमम॥५॥ ॐ विज्ञातिश्च स्वाहा॥ इदं विज्ञात्यै नमम॥ ६॥ ॐ मनश्च स्वाहा॥ इदं मनसे नमम ॥७। ॐ शक्वरीश्च स्वाहा॥ इदं शक्वरीभ्यो नमम ।८॥ ॐ दर्शश्च स्वाहा॥ इदं दर्शाय नमम॥९॥ ॐ पौर्णमासश्च स्वाहा॥ इदं पौर्णमासाय नमम ॥१०॥ ॐ वृहच्च स्वाहा॥ इदं वृहते नमम ॥ ११ ॥ ॐ रथन्तरं च स्वाहा॥ इदं रथन्तरायनमम॥ १२॥ ॐ प्रजापतिर्जयाविन्द्राय वृष्णे प्रायच्छदुग्रः पृतना जयेषु। तस्मै शिवसमनमन्तः सर्वा हा उग्रः सइह हव्यो बभूव स्वाहा॥ इदं प्रजापतये जयाविन्द्राय नमम॥ १३॥ प्रणीता के जल को वर वधू के ऊपर छींट दे।

॥ अभ्यातान संज्ञक ॥

ॐ अग्निर्भूतानामधिपतिः समावत्वस्मिन् ब्रह्मण्यस्मिन्क्षत्रेऽस्यामाशिष्यस्यां पुरोधायामस्मिन् कर्मण्यस्यां देवहूत्यां स्वाहा॥ इदमग्यने भूतामामधिपतये नमम। १॥

ॐ इन्द्रो ज्येष्ठानामधिपतिः समाऽवत्वस्मिन् ब्रह्मण्यस्मिन् क्षत्रेऽस्यामाशिष्यस्यां पुरोधायामस्मिन् कर्मण्यस्यां देवहूत्यां स्वाहा॥ इदमिन्द्राय ज्येष्ठानामधिपतये नमम॥ २॥

ॐ यमः पृथिव्यानामधिपतिः समावत्वस्मिन् ब्रह्मण्यस्मि नक्षत्रेऽस्यामाशिष्यस्यां पुरोधायामस्मिन् कर्मण्यस्यां देवहूत्यां स्वाहा॥ इदंयमाय पृथिव्यानामधिपतये नमम॥ ३॥ प्रणीताका जलस्पर्श करे॥

ॐ वायुरन्तरिक्षस्याधिपतिः समावत्वस्मिन् ब्रह्मण्यस्मिन् क्षत्रेऽस्यामाशिष्यस्यां पुरोधायामस्मिन् कर्मण्यस्यां देवहूत्यां स्वाहा॥ इदंवायवेऽन्तरिक्षस्याधिपतये नमम॥ ४॥

ॐ सूर्य्योदिवोऽधिपतिः समावत्वस्मिन् ब्रह्मण्यस्मिन् क्षत्रेऽस्यामाशिष्यस्यां पुरोधायामस्मिन् कर्मण्यस्यां देवहूत्यां स्वाहा॥ इदंसूर्य्याय दिवोऽधिपतये नमम॥ ५॥

ॐ चन्द्रमा नक्षत्राणामधिपतिः समावत्वस्मिन् ब्रह्मण्यस्मिन् क्षत्रेऽ-अस्यामाशिष्यस्यां पुरोधायामस्मिन् कर्मण्यस्यां देवहूत्यां स्वाहा ॥ इदं चन्द्रमसे नक्षत्राणामधिपतये नमम ॥ ६ ॥

ॐ वृहस्पति ब्रंह्मणोऽधिपतिः समावत्वस्मिन् ब्रह्मण्यस्मिन् क्षत्रेऽस्या-माशिष्यस्यां पुरोधायामस्मिन् कर्मण्यस्यां देवहूत्यां स्वाहा ॥ इदं वृहस्प-तये ब्रह्मणोऽधिपतये नमम ॥ ७ ॥

ॐ मित्रः सत्यानामधिपतिः समावत्वस्मिन् ब्रह्मण्यस्मिन् क्षत्रेऽस्या-माशिष्यस्यां पुरोधायामस्मिन् कर्मण्यस्यां देवहूत्यां स्वाहा ॥ इदं मित्राय सत्यानामधिपतये नमम ॥ ८ ॥

ॐवरुणोऽपामधिपतिः समावत्वस्मिन् ब्रह्मण्यस्मिन् क्षत्रेऽस्यामा-शिष्यस्यां पुरोधायामस्मिन् कर्मण्यस्यां देवहूत्यां स्वाहा ॥ इदं वरुणाया-ऽपामधिपतये नमम ॥ ९ ॥

ॐ समुद्रः स्रोत्यान मधिपतिः समावत्वस्मिन् ब्रह्मण्यस्मिन् क्षत्रेऽस्या-माशिष्यस्यां पुरोधायामस्मिन् कर्मण्यस्या देवहूत्यां स्वाहा ॥ इदं समुद्राय स्रोत्यानामधिपतये नमम ॥ १० ॥

ॐ अन्न साम्राज्यानामधिपतिः समावत्वस्मिन् ब्रह्मण्यस्मिन् क्षत्रे-ऽस्यामाशिष्यस्यां पुरोधायामस्मिन् कर्णण्यस्यां देवहूत्यां स्वाहा ॥ इदमन्नाय साम्राज्यानामधिपतये नमम ॥ ११ ॥

ॐ सोम ओषधीनामधिपतिः समावत्वस्मिन् ब्रह्मण्यस्मिन् क्षत्रेऽस्या-माशिष्यस्यां पुरोधायामस्मिन् कर्मण्यस्यां देवहूत्यां स्वाहा ॥ इदं सोमाय आषधीनामधिपतये नमम ॥ १२ ॥

ॐ सविता प्रसवानामधिपतिः समावत्वस्मिन् ब्रह्मण्यस्मिन क्षत्रेऽ-स्यामाशिष्यस्यां पुरोधायामस्मिन् कर्मण्यस्यां देवहूत्यां स्वाहा । इदं सवित्रे प्रसव नामधिपतये नमम ॥ १३ ॥

ॐ रुद्रः पशूनामधिपतिः समावत्वस्मिन् ब्रह्मण्यस्मिन् क्षत्रेऽस्यामाशि-ष्यस्यां पुरोधायामस्मिन् कर्मण्यस्यां देवहूत्याँ स्वाहा ।। इदं रुद्राय पशूनामधिपतये नमम ॥ १४ ॥

॥ प्रणीता का जल स्पर्श करे ॥

ॐ त्वष्टा रूपाणामधिपतिः समावत्वस्मिन् ब्रह्मण्यस्मिन् क्षत्रेऽस्यामाशिष्यस्यां पुरोधायामस्मिन् कर्मण्यस्यां देवहूत्यां स्वाहा ॥ इदं त्वष्ट्रे रूपाणामधिपतये नमम ॥ १५ ॥

ॐ विष्णुः पर्वतानामधिपतिः समावत्वस्मिन् ब्रह्मण्यस्मिन् क्षत्रेऽस्यामाशिष्यस्यां पुरोधायामस्मिन् कर्मण्यस्यां देवहूत्यां स्वाहा ॥ इदं विष्णवे पर्वतानामधिपतये नमम ॥ १६ ॥

ॐ मरुतो गणानामधिपतयस्ते मावन्त्वस्मिन् ब्रह्मण्यस्मिन् क्षत्रेऽस्यामाशिष्यस्यां पुरोधायामस्मिन् कर्मण्यस्यां देवहूत्यां स्वाहा ॥ इदंमरुद्भ्यो-गणानामधिपतिभ्यो नमम ॥ १७ ॥

ॐ पितरः पितामहाः परेऽवरेततास्ततामहाः । इह मावन्त्वस्मिन् ब्रह्मण्यस्मिन् क्षत्रेऽस्यामाशिष्यस्यां पुरोधायामस्मिन् कर्मणि अस्यां देवहूत्यां स्वाहा ॥ इदंपितृभ्यः परेभ्योऽवरेभ्यश्च नमम ॥ १८ ॥

॥ प्रणीता का जल स्पर्श करे ॥

पुनः हवन—ॐ अग्निरेतु प्रथमो देवतानां सोऽस्यै प्रजा मुञ्चतु मृत्युपाशात् । तदयंराजावरुणोऽनुमन्यताम् तथैयं स्त्री पोत्रमघं नरोदात्स्वाहा ॥ इदमग्नये नमम ॥ १९ ॥

इमामग्निस्त्रायताम् गार्हपत्यः प्रजामस्यै नयतु दीर्घमायुः ॥ अशून्योपस्थाजीवतामस्तु माता पौत्रमानन्दमभि विबुध्यतामियं स्वाहा ॥ इदमग्नये नमम ॥ २० ॥

स्वस्तिनोऽअग्ने दिव आपृथिव्या विश्वानि धेह्ययथा यजत्र ॥ यदस्यामहि दिविजातं प्रशस्त तदस्मासु द्रविण धेहि चित्रं स्वाहा ॥ इदमग्नये नमम ॥ २१ ॥

ॐ सुगन्नु पन्थां प्रदिशन्न एहिज्योतिष्मद्धे ह्यजरन्न आयुः ॥ अपेतु मृत्युरमृतंमऽआगाद्वैवस्वतो नोऽअभयं कृणोतु स्वाहा ॥ इदं वैवस्वताय नमम ॥ २२ ॥ (प्रणीता का जल स्पर्श) ।

हवन

अन्तः पट—एक चादर वर कन्या के सामने घेरकर चुपचाप मन्त्र कहकर हवन करे। ॐ परंमृत्योऽनुपरेहि पन्थांयते अन्यइतरोदेवयानात् ॥ चक्षुष्मसे शृण्वते ते ब्रवोमिमानः प्रजाः रोरिषो मोतवीरान् स्वाहा ॥ इदं मृत्यवे नमम ॥ आहुति देकर स्रुवा में बचे घी को आचार्य्य और बर के बीच में गिरा दे।

॥ प्रणीता का जल स्पर्श ॥

लाजाहोम (लावा छींटने का विधान)

बर-बधू अग्नि की प्रदक्षिणा करे और अग्नि में लावा का होम करे। वधू आगे और वर पीछे पूरब मुख होकर खड़े हो जायं। वर की अञ्जलि पर वधू की अञ्जलि रखकर, बधू का भाई घी, शमी, पलाश, मिला हुआ लावा को वधू के हाथ पर थोड़ा थोड़ा देताजाय और यह मन्त्र पढ़े—ॐ अर्य्यमणं देवं कन्याऽअग्निमयक्षत। सनो अर्य्यमा देवः प्रेतो-मुञ्चतु मापते स्वाहा ॥ इदम् अर्य्यमणे नमम ॥ लावे का तीसरा भाग अग्नि में गिराता जाय। इसी तरह तीन या पांच बार करने के बाद अन्त में बचे हुए लावे को अग्नि में डाल दे और मन्त्र पढ़—ॐ इयं नायुंपब्रते लाजानावपन्तिका। आयुष्मानस्तु मे पतिरेधन्ताम् ज्ञातयो मम स्वाहा। इदमग्नये नमम ॥ ॐ इमाँ ल्लाजानावपाम्यग्नो समृद्धि-करणम् तव ॥ मम तुभ्यं च संवननं तदग्निरनुमन्यताम् इयं स्वाहा ॥ इदमग्नये नमम ॥

(४८) वर. कन्या का दाहिना हाथ पकड़ कर मन्त्र पढ़े—ॐ गृभ्णा-मिते सौभगत्वाय हस्तं मया पत्या जरदष्टिर्यथासः। भगोऽर्यमा सविता पुरन्धिर्मह्यम् त्वाऽदुर्गार्हपत्याय देवाः ॥ ॐ अमोऽहमस्मि सा त्वं सा त्वम-स्यमोऽअहम् ॥ सामाऽहमस्मिऋक्त्वं द्यौरहं पृथिवीत्वम् ॥ ॐ तावेहि विवहावहै सहरेतो दधावहै प्रजां प्रजनयावहै पुत्रान् विन्दावहै बहून्। ॐ ते सन्तु जरदष्टयः संप्रियौरोचिष्णू सुमनस्यमानौ पश्येम शरदः शतम् शृणुयाम शरदः शतम्।

(४९) अश्मारोहण—वर, अपने दाहिने हाथ से कन्या के दाहिने पैर को पकड़कर रखे हुये पत्थर पर चढ़ावे और मन्त्र पढ़े—आरोहेममश्मानमश्माइव त्वम् स्थिरा भव अभितिष्ठ पृतन्यतोऽअवबाधस्व पृतनायतः ॥

(५०) गाथा गान—वर वधू के सिर पर हाथ रख कर मंत्र पढे ॐ सरस्वती प्रेदमव सुभगे वाजिनीवती । यांत्वां विश्वस्य भूतस्य प्रजायामस्या मग्रतः यस्यांभूतं समभवद्यस्यां विश्वमिदं जगत् । तामद्य गाथां गास्यामि या स्त्रीणामुत्तमं यशः ।

(५१) वर कन्या अग्निकी प्रदक्षिणा करे—बर आगे कन्या पीछे-मन्त्र पढ़ता जाय—ॐ तुभ्यमग्ने प्रयं वहन्त्सूर्य्या वहतुनासह । पुनः पतिभ्यो जायां दाग्ने प्रजया सह । इस तरह नौ बार लावा का हवन, तीन बार अँगूठा पकड़कर पत्थर पर चढ़ाना । अन्त में बचे हुए लावे को अग्नि में डाल दे और मन्त्र पढ़े—ॐ भगाय स्वाहा ॥ इदं भगाय ।

वर-कन्या दोनों अपने अपने आसन पर बैठ जायँ और वर, घी से हवन करे ॥ ॐ प्रजापतये स्वाहा ॥ इदं प्रजापतये नमम । स्रुवा में बचे घी को प्रोक्षणीपात्र में डालदे ।

(५२) सप्तपदी—अग्नि के उत्तर में ऐपन या गोली से सात मण्डल (गोलाकार) उत्तर क्रम से बनावे और वर, कन्या के दाहिने पैर को रखवावे और सातों पर सात मन्त्र पढ़े —१ ॐइमिषे विष्णु स्त्वानयतु २ ॐ द्वे ऊर्ज्जे विष्णुस्त्वानयतु ३ त्रीणि रायस्पोषाय विष्णुस्त्वानयतु ४ ॐ चत्वारि मयो भवाय विष्णुस्त्वानयतु ५ ॐ पञ्चपशुभ्यः विष्णुस्त्वा नयतु ६ ॐ षड् ऋतुभ्यो विष्णुस्त्वा नयतु ७ सखे सप्तपदा भव ।

(५३) वर कन्या एक दूसरे के साथ अपने भावी जीवन में सामञ्जस्य-स्थापित करने के लिए सात प्रतिज्ञायें करते हैं—१ कन्या कहती है — लब्धोऽसित्वं मया भर्तः पुण्यैश्च विविधैः कृतैः । देवी सम्पूजिता नित्यं वन्दनीयोऽसि मे सदा ॥ सुखदुःखानि कर्म्माणि गृहस्थस्य भवन्तिहि, भवसौम्य सदेव त्वम् कन्या एकमिषेवदेत् ।

अर्थ—देवी और देवताओं का पूजनकर अनेक प्रकार के पुण्यकर

मैंने आपको प्राप्त किया है। आप मेरे सदा पूजनीय हैं। गृहस्थाश्रम में सुख दुःख आते जाते रहते हैं। पर आप उसमें सौम्य रहें।

२ कन्या—वापी कूप तड़ागानि यज्ञयात्रामहोत्सवान्। नाऽऽरम्भेदननुज्ञाय द्वे ऊर्ज्जेऽपि तथा वदेत्।

अर्थ—बावली, कुआं, तालाव, यज्ञ, विदेश या तीर्थयात्रा तथा कोई पर्व उत्सव में बिना मेरी अनुमति के कार्यारम्भ न करें।

३ कन्या—व्रतोद्यापन दानानि स्त्रीणां भावाः स्वभावजाः। कृत्यभङ्गो न ते कार्य्यः, त्रीणिरायस्तथा वदेत्॥

अर्थ—व्रत उद्यापन और दान करना स्त्रियों का स्वाभाविक लक्षण है। अतः इन कार्य्यों में आप हस्तक्षेप न करें।

४ कन्या—स्वकर्मणार्जितं वित्तं पशु धान्य धनागमम्। सर्वं निवेदयेन्मह्यं चत्वारीति तथावदेत्॥

अर्थ—आप अपने पुरुषार्थ से जो कुछ गाय बैल इत्यादि पशु, अनाज या रुपया पैसा कमाकर लावें वे सब मुझे अर्पित करदें।

५ कन्या—गजाश्वादि पशूनाञ्च हेयोपादेय कारणम्। अनापृच्छ्य न कर्तव्यं पञ्चपश्विति सम्वदेत्।

अर्थ—हाथी घोड़े आदि पशुओं को खरीद या बिक्री बिना हमारी सम्मति के न करें। यह मेरा पांचवां वाक्य है।

६ कन्या—भूषणानि विचित्राणि रत्नधातुमयानि च। दद्यान्न प्रतिगृह्णीयात्षड्कृतावपि सम्वदेत्॥

अर्थ—हीरा मोती सोना चांदी के बने हुए तरह तरह के आभूषणों को देकर पुनः ले न लें यह मेरा छठा वाक्य है।

७ कन्या—गीतवादित्र माङ्गल्यं बन्धूनाञ्च गृहे सदा। अनाहूता गमिष्यामि यदा मां प्रतिपालयेत्॥

अर्थ—भाई बन्धु के घर जब विवाहादि माङ्गलिक कार्य्यं होगा तो मैं बिना पूछे भी चला जाया करूंगी। लेकिन आप मुझे अपमानित नहीं करेंगे। यह मेरा सांतवां वाक्य है।

१ वर कहता है—क्रीडा शरीर संस्कार-समाजोत्सवदर्शनम्। हास्यं परगृहे यानम् त्यजेत्प्रोषितभर्तृका।

अर्थ—जब तक मैं घर पर रहूँ तब तक तुम क्रीडा आमोद-प्रमोद करो, सामाजिक उत्सवों में भागलो, देवताओं का दर्शन करो हास्य विनोद करो दूसरे घर पर भी जाओ किन्तु जब मैं पर देश में रहूँ तो इन सब बातों से अलग रहो।

२ वरः—विष्णुर्वैश्वानरः साक्षी, ब्राह्मणज्ञातिबान्धवाः। पञ्चमं ध्रुवमालोक्य ससाक्षित्वं ममागताः॥

अर्थ—विष्णु, अग्नि, ब्राह्मण, स्वजातीय भाई बन्धु और पांचवां ध्रुव ये सब मेरे साक्षी हैं।

३ वर—तव चित्त ममचित्ते वाचा वाच्यं न लोपयेत्। व्रते मे सर्वदा देयं हृदयस्थं बरानने।

अर्थ—हमारे चित्त के अनुकूल चित्त रखना, हमारी बातों का उलङ्घन न करना। जो कुछ मैं कहूँ उसे अपने हृदय में रखना। सभी प्रकार से पातिव्रत्य धर्म का पालन करना।

४ वर—मम तुष्टिश्चकर्तव्या, बन्धूनां भक्तिरादरात्। ममाज्ञा परिपाल्यैषा पातिव्रत परायणे।

अर्थ—हे पतिव्रते! मुझे जिस प्रकार सन्तोष हो वही कार्य्य करना, और हमारे भाई बन्धुओं का आदर करना।

५ वर—विना पत्नीं कथं धर्मः आश्रमाणां प्रवर्तते। तस्मात्त्वम् मम विश्वस्ता भव वामाङ्गगामिनी।

अर्थ—विना पत्नी के गृहस्थ धर्म का पालन नहीं हो सकता है। अतः तुम मेरी विश्वास पात्र बनो और मेरीवामाङ्गिनी बनो।

(५४) पुरुष कन्ध स्थित—कन्या के मामू के कन्धे पर रखे हुए घड़े के जल से, वर, कन्या पर छीटे। यदि ऐसी प्रथा न हो तो कलश से जल लेकर छीटे और मन्त्र पढ़े—आप शिवाः शिवतमाः शान्ताः शान्ततमास्ते कृण्वन्तु भेषजम्।

वर—पुनः उस जल का अपने ऊपर छींटे और मन्त्र पढ़े—आपोहिष्ठा मयो भुवस्तान उर्जदधातन। महेरणाय चक्षसे। ॐ योवः शिवतमो·सस्तस्य भाजयते हनः। उशतीरिव मातरः। ॐ तस्माऽअरङ्ग मामवो यस्य क्षयाय जिन्वथ (भूमि पर जल गिरा दे) आपो जनयथाचन (अपने ऊपर)।

(५५) वर कन्या—दिन में सूर्य्य को और रात को ध्रुव को देखे। सूर्य्य को देखने पर सूर्य्य का मन्त्र पढ़े—ॐ तच्चक्षुर्दव हित पुरस्ताच्छुक्र मुच्चरत्। पश्येमशरद: शतम्। जीवेम शरदः शतम्। शृणुयाम शरदः शतम्प्रब्रवाम शरदः शतमदीनाः स्याम शरदः शतम् भूयश्च शरदः शतात्। ध्रुवको देखने पर ध्रुवका मन्त्र पढ़े—ॐ ध्रुवमसि ध्रुवं त्वां पश्यामि ध्रुवैधिपोष्ये मयि मह्यं त्वाऽदात्। बृहस्पतिर्मया पत्या प्रजावती सञ्जीव शरदः शतम् ॥

(५६) वर, कन्या के हृदय का स्पर्श करे—ॐ मम व्रते ते हृदयं दधामि। ममचित्तमनुचित्तंतेऽस्तु। मम वाचमेकमनाजुषस्व। प्रजापतिष्ट्वा नियुनक्तु मह्यम् ॥

(५७) सिन्दूर दान—पइला, या पोतर की थाली में सन और सिन्दूर रखकर उसमें कुछ द्रव्य भी रख दे। आचार्य्य उस सिन्दूर में से छोटी छोटी तीन पुड़िया बनाकर एक बरको देदे, एक कन्याको और एक स्वयं रखे। वर सन से सिन्दूर उठाकर पहले गणेश जी पर उसके बाद तीन बार कन्या के माथे में दे मन्त्रः—आचार्य्य कहे—सुमङ्गलीरियंवधूरिमां समेत पश्यत। सौभाग्यमस्यै दत्वा यथाऽस्तं विपरेतन। कन्यावर के वाम भाग जाकर बैठे और गांव की सौभाग्यवती स्त्रियां पुनः सिन्दूर करें। आचार्य्य वर कन्या का गठबन्धन करे और वर के मौर से पटमौरी निकालकर कन्या के माथे पर बांध दे।

(५८) बधू और वर हवन करेः—ब्रह्मा के साथ कुश का सम्बन्ध स्थापित करके—ॐ प्रजापतये स्वाहा। इदं प्रजापतये। ॐअग्नये स्विष्टकृते स्वाहा। इदमग्नये स्विष्टकृते नमम। प्रोक्षणी में छोड़े हुये घृत का प्राशन करे (मुह में स्पर्श करे)। इसके बाद आचमन करे।

(५९) वर-प्रोक्षणी के जल से पवित्रा द्वारा मार्जन करे (माथे पर छीटें) मन्त्र—सुमित्रियान आप ओषधयः सन्तु ।। पवित्रीको आग में डाल दे ।

(६०) वर पूर्ण पात्र दान करे—अक्षत जल लेकर ॐ अद्यकृतेतद्विवाहकर्मणि कृताकृतवेक्षणरूप-ब्रह्मकर्म प्रतिष्ठार्थं इदं पूर्णपात्रं सदक्षिणाकं प्रजापतिदेवतं अमुकगोत्राय अमुकशर्म्मणे ब्राह्मणाय तुभ्यमहं सम्प्रददे । ब्रह्मा—स्वस्ति कह कर ले ले ।

(६१) अग्नि के पश्चिम या ईशान कोण में प्रणीता पात्र को उलटदे मन्त्र—ॐ दुर्मित्रियास्तस्मै सन्तु योऽस्मान् द्वेष्टि यं च वयं द्विष्मः ।

(६२) वर-उपयमन वाले सात कुशों से मार्जन करे (माथे पर जल छीटे) मन्त्र—ॐ आपः शिवाः शिवतमाः शान्ताः शान्ततमाश्चते कृण्वन्तु भेषजम् ।

प्रयोगरत्न के अनुसार विवाहादि कुछ कार्य्यों में पूर्णाहुति नहीं होती है—विवाहादि क्रियायांच शालायां वास्तुपूजने । नित्यहोमे वृषोत्सर्गे पूर्णाहुति न कारयेत् ।

(६३) स्रुवा से आचार्य्य हवन वेदी से विभूति निकालकर त्र्यायुषकरे मन्त्र—त्र्यायुषंजमदग्नेः—ललाट में । ॐ कश्यपस्य त्र्यायुषम्-कण्ठ में । ॐ यद्देवेषु त्र्यायुषम्-दाहिने हाथ के मूल में । ॐ तत्तेऽस्तु त्र्यायुषम्—हृदय में ।

(६४) आचार्य्य—दोनों ओर के सिनेह लेकर वर-बधू को कंगन बाँध दे—येन बद्धो बली राजा दानवेन्द्रो महाबलः तेन त्वां प्रतिबध्नामि रक्षे मा चल माचल ।

(६५) आचार्य्य दक्षिणा—वर हाथ में अक्षत जल द्रव्य लेकर संकल्प करे—अद्यकृतेतद्विवाहकर्मणि आचार्य्यकर्मकर्त्र अमुकगोत्राय अमुक शर्म्मणे इमां दक्षिणां रजतचन्द्रदैवतां तुभ्यमहं सम्प्रददे । आचार्य्य—स्वस्ति कहकर ले ले ।

(६६) अभिषेक (लोटा में कलश का जल निकाल कर) गणाधिपो रविविधू धरासुतो बुधोगुरुः कविः शनिर्विधुन्तुदश्च केतुरित्यमोग्रहाः । धराम्बु तेजस्तथा सुगामराळयोसदा दिनेदिने प्रतिक्षणं भवन्तु-मङ्गलायवः ॥ १ ॥

अशेषलेशरञ्जिनो सुरारिदर्पगञ्जिनी निशुम्भ शुम्भभञ्जिनी धराधरेन्द्रनन्दिनी । समस्तनाड्य खंडिनी नितान्त लोक मण्डिनी दिने-दिने प्रतिक्षणं भवन्तु मङ्गलायवः ॥ २ ॥

गजासनः खगासनः प्रफुल्लपङ्कजासनः हुतासनः शरासनः हरेस्तु-पन्नगासनः । वृषासनः सुरासनः सुरारिदर्पनाशनः दिने दिने प्रतिक्षणं भवन्तु मङ्गलायवः ॥ ३ ॥

प्रयाग पुष्कर प्रभास विन्दुमानसादयोऽविमुक्त युक्त कोशलामला गया त्ववन्तिका । पुरोमधोश्च नैमिषास्य दर्दरश्च कान्तिका दिने दिने प्रतिक्षणं भवन्तु मङ्गलाय वः ॥ ४ ॥

वशिष्ठवामदेवधौम्यनारदाऽत्रिअङ्गिरा अगस्त्य शक्तिकौशिकाऽसिताः सनन्दनादयः । शुकोऽथ कण्व बालखिल्य याज्ञवल्क्यकश्यपाः दिने दिने प्रतिक्षणं भवन्तु मङ्गलाय वः ॥ ५ ॥

(६७) वरको तिलक करे—कस्तूरी तिलकं ललाटपटले वक्षस्थले कौस्तुभं नासाग्रे वरमौक्तिकं करतले वेणुः करे कंकणम् । सर्वाङ्गे हरि-चन्दनं सुललितं कण्ठे च मुक्तावली, गोपस्त्रीपरिवेष्टितो विजयते गोपाल-चूड़ामणिः ।

(६८) आशीर्वाद—आचार्य्यं सबों को अक्षत बांटकर आशीर्वाद का मन्त्र पढ़े—लक्ष्मोस्ते पकजाक्षो निवसतु भवने भारती कंठदेशे, बर्द्धन्तां बन्धुवर्गाः प्रवलरिपुगणाः यान्तुपातालमूले । देशेदेशेसुकीर्तिः प्रसरतु भवतां पूर्णकुन्देन्दुशुभ्रा जीवत्वं पुत्रपौत्रैः स्वजनपरिवृतैः भोज्यतां राज-लक्ष्मीः ।

(६९) द्विरागमन विधि—वर और कन्या के आसन बदल कर गणेश की पूजा करे । वर भूयसी दक्षिणा करे—कृतैतद्विवाहकर्मणि साङ्गता-

सिद्धयर्थं तन्मध्ये न्यूनातिरिक्तदोषपरिहारार्थं नानानामगोत्रेभ्यः भूयसीं दक्षिणां दातुमहमुत्सृजे ।

(७०) वर हाथ जोड़कर भगवान का स्मरणकरे—प्रमादात्कुर्वतां कर्म प्रच्यवेताध्वरेषु यत् । स्मरणादेव तद्विष्णोः सम्पूर्णं स्यादिति श्रुतिः ॥ यस्य स्मृत्या च नामोक्त्या तपोयज्ञक्रियादिषु । न्यूनं सम्पूर्णतां याति सद्यो वन्दे तमच्युतम् ॥ ॐ विष्णवे नमः ॥ ॐ विष्णवेनमः । ॐ विष्णवेनमः ।

॥ विवाह पद्धति समाप्त ॥

पूरब

बालूया मिट्टी से यजमान या वर के हाथ से एक हाथ लम्ब, एक हाथ चौड़ी और चार अंगुल ऊँची वेदी बनावे अग्नि के चारों तरफ चार चार कुश से परिस्तरण करे।

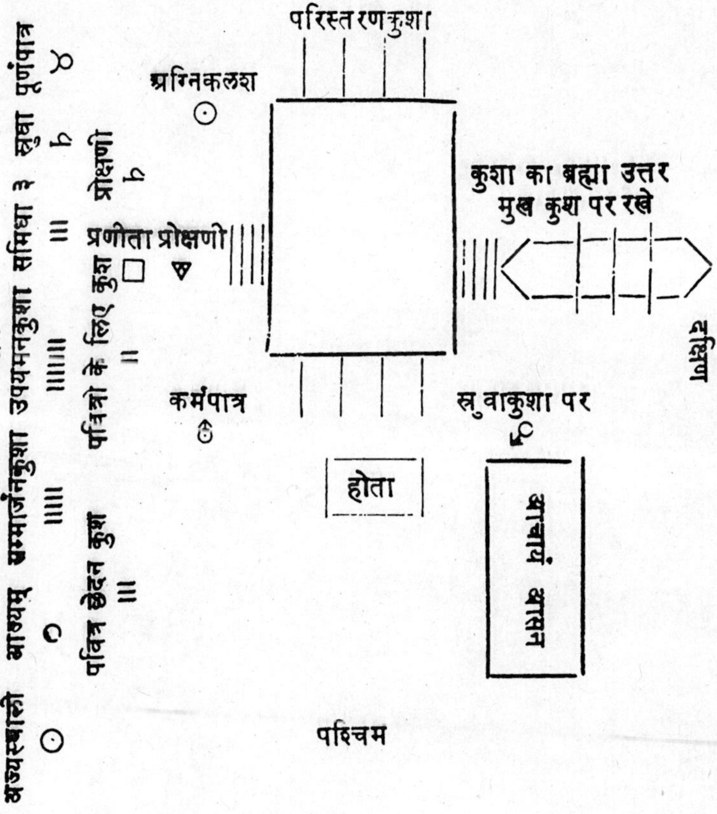

पश्चिम

—:o:—